吴子复隶书的理念和意趣

凌峰 著

上海书画出版社

　　凌峰，男，1957 年 1 月生，广东中山人，汉族，香港永久居民。1985 年毕业于广州外国语学院英语专业。2010 年于首都师范大学书法研究院书法文化研究生课程班结业。2016 年 12 月于暨南大学文学院文艺学硕士毕业，并获文学硕士学位。现为广东省书法家协会会员、广州市书法协会会员。曾任广东外语外贸大学第一届和第二届校董会董事。

序一

苏桂宁

凌峰的著作出版了，这是一件可喜可贺的事情。

这部著作是对著名书法家吴子复隶书艺术特色的研究，其中还特别地讨论到了书法的艺术精神问题，是一部较为系统深入的研究著作。

吴子复 (1899–1979) 是现代杰出的书法篆刻家、美术理论家。吴子复原籍广东四会，出生在广州，在书法方面以隶书成就最为突出，留下了许多珍贵的作品；他在书法教学方面也有独到之处，主张学习汉碑要有层次，其中主要学习《礼器碑》《张迁碑》《西狭颂》《石门颂》《郙阁颂》《校官碑》。

凌峰事业有成，对书法情有独钟。十多年前，因为迷上书法，他拜吴子复的公子吴瑾先生为师，学习隶书。吴瑾先生也是一位在书画上有很高造诣的艺术家，供职于广州画院，得乃父吴子复之真传。创作了许多书画作品。

凌峰对书法的学习非常入迷，坚持不懈，每天都一点一滴的练习，专攻隶书。字无百日功，凌峰一练就是十多年，渐渐的也对隶书艺术有了更多的体会。

2011 年 11 月 1 日，中国神舟八号神游太空，之前由中国航天报社策划并主办"展现中国文化·歌颂祖国腾飞——神舟八号书画搭载活动"广泛征集书画作品，凌峰得悉这一消息，认真对待，写了一首诗名曰《民族大同》，然后用隶书书写作了投稿。他的诗歌符合作品征集的主题，内容和书写完美融合，最终被选上，成为随着神舟八号遨游太空的书法作品之一。

神舟八号返回舱着陆后，在北京中国空间技术研究院举行了一个返回舱开仓仪式，他还受到邀请，到现场等待，亲眼看到了从遨游太空返回陆地的自己的作品。这应该是一个让人感动的场面，也是很能激励人心的事件。

这是很好的开端，同时也是很大的鼓励，凌峰不满足于对书法的感性认识，他希望进一步探索书法的艺术精神，想从艺术理论对书法有更多的认识。2013 年，他报考了暨南大学文艺学硕士研究生。入学后，他学习非常认真，从不缺课，渐渐地，他较为系统地学习了相关的理论，对书法艺术有了更多的理解，既从形制层面对书法有认识，还从艺术的精神层面去理解书法。

他选择吴子复的隶书艺术作为硕士论文的选题，试图通过吴子复的书法探讨书法的艺术精神。

吴子复深厚的隶书造诣和书法作品是非常值得探讨的。广东省及广州市的许多重要场所都留有他的墨宝。广州越秀公园镇海楼上的"镇海楼"牌匾和长联以及"广州博物馆"牌匾这三个不同风格的榜书就是吴子复当年所题写，其书法功力非常深厚。凌峰也是通过研究吴子复的隶书，真正去了解书法的内在力量，并提升自己的书法造诣。

他收集了许多资料，对吴子复祖籍广东四会的人文风气进行解读。四会曾经是六祖慧能逗留过的地方，禅宗文化在这里留下了深深的印记。吴子复具有禅意的书法是讨论的内容之一。

凌峰分析了吴子复书法的笔法、间架结构，同时还对吴子复书法所包含的历史精神和艺术精神进行分析，追寻其师法源流。这些都是很值得研究的内容。

凌峰对吴子复书法艺术精神有了更深的感受，他的硕士论文也是他学习书法的理论总结。

学习书法要有宁静的心境，有对艺术的痴迷，还要有敏感的艺术感受力，这样才能够获得艺术审美的提升。

凌峰在书法学习方面孜孜不倦，不断地吸纳其中的艺术精神。这样的追求才是对艺术的真正向往，也才能把艺术融会在生活之中，让生活更加美好。

2018 年 6 月于广州

序二

丁政

　　吴子复先生不仅是一位著名的书法家、书法教育家，同时也还是一位著名的画家、美术教育家。吴先生一生，在诸多艺术领域都取得了杰出的成就，尤以书法的成就最为突出，且影响深远。可以毫不夸张地说，在岭南地区，与吴先生同时代及后继习隶书者，几乎无不受其影响。因其功力深厚，风格面貌突出，学之者众，论者遂尊其书体为"吴体"。

　　然而，遗憾的是，与许多岭南地区的艺术家、书画家一样，吴先生的影响，主要还是局限于岭南地区。五岭以北，对其人其艺的了解程度并不高，这是自有其历史、地域、文化诸多原因的。改革开放以来，这种状况有了一些改变。随着吴先生的著作陆续出版，学术界对他的关注也相对增多了，并不断有一些关于吴先生的著作问世，因之，学术界、书法界尤其是在岭南以外的地区，对他的了解也深入了许多，一些研究吴先生的著作也相继问世。但不可否认的是，在目前已出版的各类有关吴先生的著作中，均以介绍性的居多，深入研究者尚不多见。因此，凌峰先生的这部研究著作的出版，不仅对吴先生来说很有意义，对现当代书法史、书法创作、书法教育研究而言，也是一件功德无量、嘉惠艺林的好事。

　　作者凌峰先生自幼酷爱书画，但因忙于事业，无多力及此，然积习难忘，在事业取得成功后，遂又重操笔墨，并在六十花甲时获得硕士学位，其对艺术的热爱与执着令人钦佩。有关他读书治学及该著作的价值，他的导师苏桂宁教授在《序一》里已作了很好的说明，兹不多述。凌峰先生在校攻读硕士学位期间，曾选修过我的《书法研究》课程，我曾为一日之师，且平素与之过从甚多，对他的为人、为艺、为学都很熟悉，他执意要我也写个序言，自然不便推辞，就补充几句。

该著是作者在其硕士论文的基础上，修改、补充而成的。凌峰读的是文艺学硕士，当代因学术分工，每一学科都有各自的规范和要求，他研究的虽然是吴子复先生的书法，尤其是隶书，属于美术学、书法学的范畴，但其硕士学位论文的写作又必须在文艺学框架下进行，而不能写成书家之个案研究或书法史、书论的论文。在具体写作和研究过程中，吴先生的生平、交游、艺术活动、作品、书论又无一不可或缺，多学科、多方法的研究，既增加了作者写作和研究的难度，同时也提升了该著作的学术质量。这是凌著的一大特色。

作者撰写硕士论文及在论文之基础上修改成书的过程，也可以说一笔。无论是学位论文之写作，还是学术专著的撰写或其他研究，收集资料都是最基础也是最重要的工作。有关吴子复先生的资料虽然不少，但很分散，一般常见的多已是被人反复用过，有的甚至是以讹传讹的。凌峰先生曾从吴子复先生的公子——广州画院美术师、广州文史馆馆员吴瑾老师习书多年，谊在师友之间，因之获得了许多第一手且是首次公布的资料，作者时常能与吴瑾先生进行探讨。难能可贵的是，"吾爱吾师，吾更爱真理"，遇有不同意见，作者能独立判断。另一点是，作者为了更深入、准确了解研究对象，进行了大量的实地考察和走访，岭南地区不少名胜古迹多有吴子复先生的题刻书迹，凌峰先生或专程或利用工作之便，几乎进行了地毯式的考察、拍摄和记录等工作；与此同时，他还考察了吴先生生活、工作之地，并走访了大量与吴先生有过交往的人或其后人。这也是该著的另一特色。作者写作态度极其严谨认真，数易其稿，是一点也不夸张的。一部字数并不太多的书，其所作的笔记、拍摄的照片、资料复印件、初稿及各种修改稿，足有一尺余厚，真可谓"看似寻常最奇崛，成如容易却艰辛"。

最后也说一下本书的出版。作者凌峰先生是一位儒雅谦虚认真勤奋的人，他本计划在六十岁获得学位后重拾画笔和刻刀，没有修订论文出版成书的打算。一次偶然的机会，我的一位朋友，广东某出版社的编辑见其硕士论文，觉得很有出版价值，并承诺可以纳入某套丛书计划之中，我也怂恿他出版，但建议做些修改，交由更专业的出版社出版。作者采纳了我的建议，又经过了近一年的修改，并在曾红英女士的协助下补充了书中不少插图，承上海书画出版社审核通过，终得以顺利出版。责任编辑杨勇先生的精心编辑，使该著得以精美的面貌呈现，料读者和作者本人都会感激和欣慰。

是为序。

戊戌八月朔第三十四个教师节于羊城

目　录

【绪论】

图 1　吴子复像

本书以广东近当代书画家吴子复及其隶书美学为研究对象，讨论吴子复隶书的美学风格及其成因，对吴子复隶书的美学内涵进行挖掘，总结出隶书的美学意义。

吴子复（1899——1979）原名鉴光，又名鉴，学名琬，字子复，抗日战争胜利后以字行，号沄庐、宁斋、伏叟等；所居曰野意楼、怀冰堂、泷缘轩；曾用笔名青烟、大北、寒山、羊皮、复园等；广东省四会县南门人。吴子复自小喜欢书法，1926年他毕业于广州市立美术学校西画系，之后参加过北伐军负责战地宣传工作，在广州组织"青年艺术社"宣传现代艺术，曾任广州市立美术学校教授，抗战时期任广东省立艺术专科学校教授，中华人民共和国成立后在广州主持"子复画室"教授绘画和书法艺术，先后任广州文史研究馆馆员、中国美术家协会广东分会会员、广东省书法篆刻研究会副主任、广州市政协文史馆资料研究委员会委员、广东省文联委员、广州市文联委员等。（图1）

吴子复早年的油画闻名一时，画风雅拙单纯，富于中国艺术趣味，并注重现代艺术理论研究，勤于著述。书法力主碑学，晚年的隶书名重海内外，代表作有：广州中山纪念堂《总理遗嘱刻石》、广州越秀山《镇海楼横匾》《镇海楼长联》、广州起义烈士陵园《中朝人民友谊亭碑记》等，著有《吴子复隶书册》《野意楼印赏》《吴子复书好大王碑字》《吴子复艺谭》《吴子复书画集》等。对吴子复进行研究，发掘其隶书的美学特征，可以更好地弘扬隶书的美学经验和意义，推动当代隶书艺术的发展。

吴子复一生大多数时间是在动荡的中国社会中渡过，虽然成绩显著，影响至深，但缺乏鲜花与掌声。在他逝世后有些纪念文章发表在一些名人传记中让他占有一席之地，广州画院吴瑾先生发表有《我的父亲——吴子复的生平与艺术》《关于吴子复先生的隶书》等多篇记述和评论文章；民盟广东省委员会编，李竟先主持，王祥执笔的《风云翰墨——粤盟先贤及其书法研究》登载纪念吴子复的文章《一代师儒无遗恨，千秋艺苑有传人》；陈永正《岭南书法史》和朱万章《岭南书法》都提到吴子复；其他可见的大多是追忆吴子复生平为人、书法研习教学、书画篆刻兴趣的文章。香港关于吴子复的研究有：香港中文大学艺术系香港艺术数据库收集有吴子复的个人资料；吴子复在港弟子区大为有《野意春风——吴子复先生的篆刻艺术》等文章发表；香港学者徐沛之2010年的博士论文《从移植到扎根——香港现代书法史研究（1945-2010）》在有关"移民潮与书家南迁"章节中述及吴子复相关事迹；但这些对于一位著名艺术家来说是远远不够的，这些文献基本上没有对吴子复隶书的成因、吴子复笔画特征文化内涵、吴子复中西并举知识结构和书法审美取向之间的关系作出详细分析。

本书对吴子复书法及生平的相关资料进行历史考证，对其书法的美学特征进行分析，运用历史研究，社会研究及文艺文化美学研究的方法对吴子复的隶书进行阐释，以求获得对吴子复隶书美学较为系统的认识。本论文还会把吴子复隶书展示的中和、中实、中庸之道与传统文化古代书学理论作对照，发掘西方野兽画派单一线条美与吴子复追求毛笔线条以圆为美的内在联系，解析吴子复追求千年碑刻剥蚀线条，寻找韵味的美感意义，以及吴子复书学理论与实践的现实意义和历史意义。

【第一章】

吴子复的人文熏陶与艺术底蕴

吴子复在书法艺术上获得重大成就，形成独具风格的吴子复隶书，与他青少年时代所受到的文化艺术熏陶有直接的关系，也与他在中国特定的社会环境中所遭遇的经历密切相关。

第一节　古百越痕迹和吴氏宗亲的成就激励

吴子复祖籍地广东省肇庆市四会，是个物华天宝，人杰地灵，有着悠久历史文化的名城。吴子复在这样的环境中直接感受到家乡浓厚的文化气息，并在这里吸收了丰富的文化营养。

四会地处肇庆东部广东中部偏西位置，全市总面积1163平方公里（未含大旺），总人口43万，是中国柑桔之乡、玉器之乡，广东省文明城市和广东省著名侨乡。四会古为百越之地，公元前214年秦平定岭南，始设四会县属桂林郡，是有着2230多年历史的岭南最古老县份之一。汉初四会改属南越国。汉元鼎六年（公元前111年），汉武帝灭南越国，重新设置郡县，四会属南海郡。秦汉时期四会县境包括现在四会、广宁、怀集、三水、鹤山、新会、江门、台山、斗门等县市的全部或部分地区，相传因县境为四水汇流之地，故名四会。北宋乐史撰《太平寰宇记》载有："四会者，东有古津水，南有浈江，西有建水，北有泷江，因而得名"。"四会"这个名字从秦开始沿用至今没有改变。1993年11月25日经国务院批准，四会撤县设市（县级）。

四会市人民政府2012年3月公布的不可移动文物名录共有218处，其中古遗址15处；古墓葬9处，古建筑142处，石窟石刻1处，近当代重要史迹和代表性建筑 51 处。古遗址包括矿冶遗址、寺庙遗址，其他古遗址等类别。古墓葬中有一个是元代文天祥祖墓。古建筑中，庙宇以宝林寺、宝胜寺、永安寺最有代表性；宗祠以陆巷村陆氏宗祠、衡南陆公祠、罗氏世祠、吴氏大宗祠、扶利村张氏宗祠最有代表性；学堂书院以正志草堂最具代表性；宅第民居以仓岗五巷严氏大宅、桥下郑氏大宅、大洲村炮楼最有代表性；桥涵码头有水花潭桥、窖坑桥、龟石桥等。石窟石刻即大沙镇水边村黄氏家庙碑刻。近当代建筑中，黄田镇江头乡农会见证了 20 世纪 20 年代四会农会的成立和发展；烈士墓及纪念设施有纪念大革命时期及解放战争时期的四会烈士陈伯忠、赖西畴、陈子贤、雷国光的纪念设施；名人故居分别是彭泽民故居、周东故居、苏世杰故居和吴应科故居；金融商贸建筑有大沙粮所旧址；老字号商行有太和酱园和友昌盛商行等；文化设施及附属物有建于 1942 年的四会血吸虫病防治所旧址等；工业建筑及附属物有建于 20 世纪 70 年代的讴坑煤矿旧址；水利和交通设施有江谷水库大坝、江谷渡槽和迳口镇惠济桥等等。

　　"四会"还有一解："四方人才来集，古今智慧融会"。四会是"东方三大圣人"之一六祖慧能的顿悟之地，是古代传说"三仙"之一文氏贞仙的故乡。四会还有一本辉煌的当地名人谱，例如古邑四杰：北宋元丰二年的御史翰林学士李积中；北宋绍熙年刑部尚书、兵部尚书李大性；明代弘治年曾任福建按察使、云南右布政使的卢宅仁；清代光绪三年武科状元罗楚。当代的有：中国工农民主党创始人之一彭泽民；我国工农运动革命先驱之一陈伯忠等等。

　　处在这么一个人杰地灵的地方，吴家祖上尤为重视对下一代的培养，并取得了极大的成功。据《吴氏族谱》记载，吴氏祠堂在四会曾有八处，只有始祖祠在窑头村，其余建造在县城。始祖祠的特殊之处在于中间有个"大"字，全称为"吴氏大宗祠"。

　　根据 1996 年版的《中国文物地图集·广东分册》记载，此祠始建于明末清初，1915 年、1994 年两次重修。祠堂坐东北向西南，三间两进，

图2 重修窑村吴氏始祖祠记

正祠带左厢房，总面阔 13.8 米，正祠面阔 10.8 米，进深 25.7 米，建筑占地面积 355 平方米，砖木结构硬山顶，平脊抬梁与穿斗混合式结构，距今已有 700 多年历史。祠中墙壁嵌有《重修窑村吴氏始祖祠记》（图2）最有历史价值。宋末元初，始祖吴国舍原是顺德县水藤乡人，在元兵南下，南宋军队节节败退，社会动荡的时候避难四会，后在窑村建祠，被后人奉为一世祖。自此吴氏宗族经历元、明、清、民国，至今已传至第二十五世丁口。窑村吴氏在 700 多年发展史中形成了色彩鲜明的传统，其中一些行为、仪式、规范和俗例都蕴含着较为深厚的文化积淀和向善的道德准则，且具有初步的民主精神。清末洋务派要员、军机大臣、总理各国事务大臣

沈桂芬曾为《四会窑村吴氏族谱》作序，他指吴氏族人的科名、仕宦、富室、巨商之多，世德之永，受学立业明载族规，既是己身本分，又是家长责任，也是全族长者劝谕的条目。据民国十三年（1924）官府相关记载，四会吴氏共有进士（清末新制）1人，举人7人，贡生39人，生员150人，监生64人。生员、贡生中有祖孙、父子、兄弟、叔侄同领的，表明读书上进已蔚然成风。这些士子除了应付举业以外，还有一些研究学术，族谱的科名会注明"治《简书》""治《春秋》"等等。由于获得科举功名的人很多，出仕者不断涌现，前后有九品以上文武散官58人，另有很多吏员。武将级别有统领、副将、参将。文官最高有二品，还有道员、知府。特别在清末实行的洋务运动中，族中有几十人从事海关、税务、铁路、外交、外贸、军需、电报、邮政、西医工作，他们的足迹踏遍了全国各地。

吴氏家族重视子孙培养还有一个很好的例证，在清朝同治年间，清政府破除禁锢选送幼童赴美国留学，吴氏有三位学生的家长不顾当时社会上各种疑虑误解，毅然把他们的儿子送上轮船飘洋过海去美国接受西方教育，足见吴氏族人家长的远见卓识。当年最早留洋的三个学童就是后来有名的"吴门三杰"，即吴仰曾、吴应科、吴仲贤。

吴仰曾是中国第一代矿冶工程师，先后在热河、南京、浙江等地从事勘察矿藏及矿区服务工作，获授进士出身，花翎二品衔，民国期间他曾出任国民政府工矿厅工程师。

吴应科在光绪十八年（1892）被提拔为北洋海军题标都司，充督队船大副。他在中日甲午海战中英勇善战立了不少战功，被赐戴花翎。宣统二年（1910），他升任北洋舰队统领。辛亥革命后他被湖北军政府委为首任海军总司令。民国期间他曾出任海军右司令、海军部参议、总统府咨议、接收威海卫参赞等职。

吴仲贤在墨西哥马德罗总统时期曾任中国代办，因墨西哥各地发生骚乱导致 108 名中国人遇害和财产损失，经他外交交涉成功，获墨西哥政府给予受害者相关赔偿，因此被清廷加同知衔，赏戴花翎。在中华民国元年（1912）唐少仪当上了民国第一任总理时，吴仲贤一度出任内阁要职。民国六年（1917）他被民国政府嘉奖二等嘉禾勋章，民国八年（1919）又连获二等大绶嘉禾勋章、二等宝光嘉禾勋章等。

吴子复在这样的文化氛围中熏陶，也激起了他的上进精神，并在有生之年努力追求，积极上进，成为一代隶书大家。

现收藏在四会市博物馆的《吴氏宗族族谱》（图 3）里面，吴子复被记载在第 526 页，相关栏目上载有："大洪配李氏子鉴光"（吴大洪与妻李氏有子名字叫吴鉴光即吴子复）。吴子复经常在自己作品里表达对故乡的思念之情，在他的文集《吴子复艺谭》中就收进了一篇写于 20 世纪 30 年代的《故乡杂记》，通过他自己作为省城大少爷回乡为外祖母奔丧的经历，展现了四会农村的风土人情。

吴子复在文中以思念的笔调写道："阔别了二十五年的故乡，在游子记忆中，虽然还留下几片儿时美丽的印象，可是全像笼上一层雾样的轻纱了。"[1]"火车一站一站接近故乡，我的心情也一站一站接近回忆，外祖母住的那儿叫高街，我记得是要上几级石级的，上了石级两旁是米店，像雷一般的磨米声和得得的舂米声在我脑子里响着，大概还是要伸高胳膊才能拉住母亲的手这么幼小的时候罢，从家里——住在南门贴近生满了草的城墙的家里，到外祖母那儿去，要经过好几条大街，大街是个怎么个样儿可记不清。静静的不像这里那么拥挤。有祠堂，祠堂门洞全用石结成。'那是你们 × 氏的主祠呐。'母亲指点着给我说这句话，仿佛现在还听

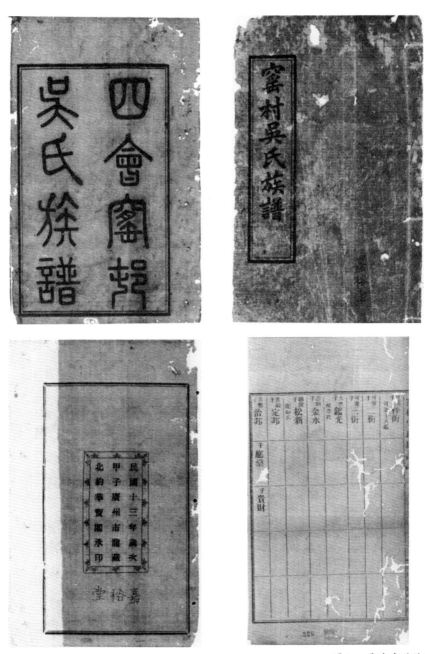

图 3　吴氏宗族族谱

到呢。"[2]"（丧礼）'礼成'，女人们坐船走，男人们从旧路回去。路上，我找寻一些认识的什么，可是不容易找，有些大厦的门前似乎是熟悉的，不过太荒凉，像似经过兵灾，逃什么地方去还没回来。墙头的破相没有砌好，那边缺几块，这边缺几块。野草从砖缝里钻出来摇摆着。苔藓在地上爬，爬得满满的，'奉政第''大夫第'的牌匾还傲然地躲在门头，神气十足！"[3]除了给外祖母送殡，吴子复还抽空到母亲的墓瞧了瞧："母亲的墓，墓碑也歪了，细看墓碑的字，才知道是死于光绪三十二年的……儿时的悲哀像一个古潭，原是静静的，今天却投下了一块石头，起了一圈儿涟漪。"[4]回乡四天行程快结束了，他感觉到"城里街上比城外冷静的多，冷静到使人疑心是发掘出来的古城，像找寻什么遗迹般，我找寻我的旧游之地，可全不是我想象中那样儿了。……趁尾班车回家差不多八点了。大雨，仿佛给我洗去故乡带来的惆怅"。[5]这些描述也正是吴子复对家乡感情的真情流露。

儿时的记忆有时候是非常关键的，吴子复经常向朋友提起小时候祖父对他的教诲：书画之道最能保持人格的独立与尊严，功夫靠自己努力，做得出色自然有人赏识，无需像做官经商那样低声下气去求人。这正是长辈鼓励吴子复努力向上学习的至理之言。

吴氏子弟如此优秀，能够为国为民作出不少贡献，自然离不开吴氏宗族的育人传统，但也和这里的好山好水不无关系。从四会的地理位置看，向南可顺流通达南海，向北或向西可通岭南至楚地的水路，恰好是沟通楚地中原文化的交通要塞，是各个时期人口大迁移，文化大碰撞的荟萃之地，很能融合四方文化精粹。千年积淀名人辈出，四会穿越时光的长河，繁衍出属于这方水土的璀璨文化，无论是超凡脱俗的佛教六祖禅宗文化、仙气缭绕的道教贞仙文化还是与世俗生活息息相关的柑桔文化，无论是悠久的"中华一绝"古法造纸文化还是新兴的玉器文化，都源于四会而不拘四会，来自历史并影响着未来。

第二节　吴子复对六祖禅宗文化的艺术体验

六祖慧能是中国禅宗的一代宗师，在四会留下了重要的人生踪迹。这里是吴子复的家乡，他在这里深刻地感受到了禅宗的精神。

在 2008 年 12 月，为了庆祝四会建县 2222 年，撤县建市 15 周年，当地政府举办了一连串的庆祝活动，其中有大型文艺表演和吴子复书画展等。吴子复书画展还因为受到来自各地群众的欢迎而延长了展期。当时政府的宣传口号是：四会有三大名人，即吴子复、冼东妹和六祖。吴子复是四会人引以为豪的杰出人物。冼东妹是北京奥运会柔道冠军。六祖禅宗在四会留下了富有传奇色彩的生活印记。

四会扶卢山是佛教六祖慧能曾经隐居十五年的地方。六祖慧能俗姓卢，出生于广东新兴县，该县现存有由慈禧太后赐匾的"国恩寺"也曾经是六祖的道场，慧能年轻时投在湖北黄梅东山寺五祖弘忍门下，因作偈而受五祖弘忍赏识，并暗地向他传授禅法和衣钵，成为禅宗的一代宗师。佛教发展到五祖弘忍以后，因佛法的歧见对立，逐步分化为南宗和北宗两派，慧能和神秀即为南宗和北宗的代表人物。相传神秀是弘忍门徒中威望最高的一个弟子，应属继承弘忍衣钵的头号人选，但却未能得到弘忍认可，一群门徒欲加害慧能夺回衣钵。弘忍为使慧能躲避迫害，叫他从速南去，临行前吩咐其："逢怀则止，遇会则藏"。慧能为躲避追杀，返回广东后"逢"怀集（县）停留了一段时间，然后"遇"到四会，就隐居在当地龙头铺小山村附近的扶卢山。他混迹在村民、猎户群中，参加围猎时，每见生命，尽放之，每至饭时但吃肉边菜，前后 15 年，修炼佛法和传播佛经。后来他到广州，在光孝寺公开身份，继承了五祖的衣钵。清朝光绪年的《四会县志》有记载："扶卢山在上林、清塘、陶塘、龙头铺界，高千余丈，上有石池，池沿石以踵击之，其声如鼓。池水四时澄澈，池上花木繁茂，又有古坛方丈，每至甲戌日，有管弦之音，昔六祖尝避难于此，故以扶卢名山。石池为六祖池也，山下有六祖庵，土人称六祖寺，祷之辄应。"

　　六祖慧能是推动佛教，催化转型的伟大改革家，他的佛学思想核心是"直指人心"、"见性成佛"，将虚无缥缈之佛性还原为具体现实之人性，深刻地影响到唐、宋以来中国哲学思想和文化艺术的发展，四会禅宗南派圣地的地位一直延续至今。2006年7月和2010年10月先后召开的广东禅宗六祖文化节大会上，与会专家认为四会是六祖顿悟、成佛和弘法的圣地。重修后的四会六祖寺香火兴旺，每年吸引无数善信游客前往礼拜参观。

　　吴子复是一位艺术家，佛教禅宗文化一直影响着他。吴子复在故乡浓重的禅宗文化氛围中深受熏陶，养成了静观艺术人生，细心体察艺术的心境，这对他的书法艺术创造有极大的帮助。

　　吴子复长期收藏着被其视为珍宝的小卷子《游戏三昧》，作者关良与他亦师亦友，未识人先识画，且早已敬重的好朋友，也是我国以画京剧人物画谱见称的著名画家，其注重线条简朴，色彩鲜艳的后现代派野兽主义的艺术倾向正好与吴子复不谋而合。

　　原来吴子复、关良、李研山在20世纪三四十年代曾在广州市立美术学校共过事，相互间关系亲密。1957年春天，关良用一个长二尺余，高五寸的小卷子，以国画形式画了五个他最拿手的武松戏中的京剧形象送给了吴子复。画面题上：丁酉年为子复兄写五种京剧人物，即希笑而教之。良公。钤"关良"朱文方印。（图4）李研山在卷首为之题曰："游戏三昧，子复画师以关良写剧中诸相小卷嘱题。李研山书。"钤"砚山书画""尘

定轩"朱文方印。李研山另还题了跋尾："此种图画不假笔墨，不动渲染，超乎意象之外，自成妙谛。所谓无作妙力自在成就者耶。庄视之则庄，谐视之则谐，随人心兴之所念而自得焉。谓之游戏三昧有何不可。吾闻演若达多（楞严经中人物）痴人无状狂走，解人难得。野意楼长物幸勿率尔示人。丁酉花朝李研山题于九龙山中。"钤"居端"白文方印、"玄对"朱文椭圆印。李研山在此用佛学禅理解读关良的画，第一是"三昧"。"三昧"是梵语乃三摩地之意，为禅定的异称，来自楞严经卷六："皆以三昧闻熏闻修。无作妙力自在成就。"意即心无牵挂，任运自如，得法自在，指关良的画有很深的内涵和广阔的空间可供观者发挥。第二是佛经中所讲人物演若多达曾经"一日于晨朝以镜照面，于镜中得见己头之眉而喜，欲返观己头却不见眉目，因生大嗔恨，以为乃魑魅所作，遂无状狂走"。此是以自己之本头比喻真性，镜中之头比喻妄相。喜见镜中之头有眉目，比喻妄取幻境为真性而坚执不舍；嗔责己头不见眉目，则比喻迷背真性。这里是说关良的画虽然简略但能表现出真性；又比喻一般人比较喜见镜中之头有眉目的妄相，关良这种画"解人难得"，知音难求；又因为此卷子是吴子复书斋"野意楼"的珍稀之物，所以不要轻率示人。吴子复的确喜爱这个卷子，一直以来非极熟的朋友都不轻易拿出来一看。

佛家这种正反两面感得的入世做法也让吴子复受到启发，他在《关于国画的一点意见》中说："但是，我们要知道，作为艺术底要素的'感情'，

图4　关良《游戏三昧》

并不从虚幻中得来，也不能从模拟中产生；是我们接触到现实的诸形相的时候，影响到我们的精神才生出来的，画家就应该把这种'感情'抓住，表现在作品上。作品的物象，是经过作者的情感化合后的东西。因此，我们便可以知道真的艺术作品所表现的'情感'，是我们作者从现实生活中正面或反面感得的。我们的现实生活，自然脱不掉时代的精神。"[6] "手法和内蕴就是画家的技巧与思想，这是相因而致，不可分离的。有圆熟的技巧，就要有高尚的思想给它运用；有高尚的思想，就要有圆熟的技巧给它表现，这才可以得到高尚的作品。如果你的思想已经卑污龌龊，纵使你怎样取材那些不食人间烟火的仙品来放在你的画面上，而你的画终究是'俗物'。"[7] 由此可见吴子复这种精神层面与现实结合的思想是由来已久的。

【第二章】

吴子复的隶书人生

吴子复一生是在 20 世纪中国大动荡大变革中度过的。他从一个书法爱好者成长为油画家，又从油画家成为书法家和篆刻家。他一生酷爱书法，尤其是隶书，一生最大成就也是隶书。他从十三岁开始接触到《何子贞临张迁碑》，八十岁仍然临习《好大王碑》，前后近七十年笔耕不辍，为发展中国书法艺术付出了毕生的精力。他在年轻时比较注重模仿，由于有美术素描功底，字形控制准确，下笔轻松，临尽了两汉碑，这个时候他的隶书虽欠成熟，但已有一股猛气奔泻于笔底，尤其很多捺画比较锐利。中年时期，他比较注重隶书的线条和意趣，发明了有关线条的"树枝论"，他所书《石门颂》《张迁碑》等，笔力开张有如长枪大戟，豪迈阳刚之美流溢于字里行间，但也时常以憨态拙处示人，使人百看不厌。由于融合了所谓野兽派造型、勾线、擦笔的美学技巧，他最终创造出自己的"吴体隶书"的新面貌。晚年他的猛气收敛，炉火纯青，所写《好大王碑》《郙阁颂》《校官碑》等，有如百钢炼成，又刚极乃柔，此时他的隶书艺术已达到纯真至圣的境界。

吴子复不平凡一生，其生活轨迹，世界观、艺术观养成，与他的隶书艺术发展，在不同时期有不同的表现。

第一节　启蒙吸收期

吴子复的启蒙吸收期主要是在 26 岁之前，在这期间，他接受了中西方教育，奠定了其绘画和书法的审美取向和艺术风格。

吴子复出生在广州西关一个打磨银器的手艺人家庭。他出生的第二年正是庚子赔款年，八国联军的炮火在国人耻辱书上添上了沉痛的一笔。当时世道艰难，他祖父无奈地结束了难以为继的茶叶生意，一家生计只能靠他父亲吴大洪以打磨银器来维持。这种以出口为主的传统工艺经常要为赶工期而通宵达旦工作，非常辛苦。在百业凋零、道德沦丧的清朝末期，父亲虽不敢望子成龙，但也希望孩子好好读书，长大后能学得一门像作书画画之类比较轻松的手艺，以便安身立命，不受辛劳。吴子复七岁那一年刚进入私塾，母亲去世，塾师严辞代替了慈母的关爱，使他从此变得寡言鲜笑，种下了孤僻性情的根苗。

他长达十九年的学生生涯从这时开始，私塾、高小、国文专修科、英文专修科、广州市立美术学校等等，旧的、新的、土的、洋气的教育方式，让他吸收了多方面营养。课余生活虽然单调但也饶有趣味，他特别喜欢林琴南的翻译小说，自己有数十本之多，放学后便躲在房间看《黑奴吁天录》《撒赫逊劫后英雄略》《茶花女遗事》等书。光怪陆离的世界刺激着他的求知欲望，人情世态、忠奸善恶使这个孤独的少年更加早熟。他最觉快意的是写毛笔大字，但对塾师那一套描红钩填已经生厌，对街道旁代人写书小摊上老先生的挥春反而特感兴趣，在上学往返路过时经常流连其间细心观察，对提按转折处处留神，回家便舞文弄墨，一张张宣纸片刻便会爬满春蚓秋蛇。他祖父看出了苗头，对他从实鼓励，准许他到附近一家纸店随时赊取宣纸，年底才由家里结账。因此他就可以自由自在地大写特写了。在他十三岁读高小时，有位世伯见他喜欢隶书就送他一本《何子贞临张迁碑》，很快他就能临得像模像样了。后来他自己找到一本《张迁碑》原拓本。就是这本斑驳的碑帖，揭开了一个现代书法家生涯的序幕。

1916 年，吴子复入读广州华强国文专修学校，同班同学有日后成为书画家的冯湘碧、冯康侯等人。学习之余，他和几位同学在西关十六甫开了家名叫"鸿雪斋"的文房四宝书画代理店，但因经营不善很快就倒闭了。他祖父在看到他把几十刀因店铺关张所分得的宣纸带回家时，知道钱是没有了，但内心却暗自高兴：这娇惯成性的孙子从此该用功学习而不会再提做生意的事了吧！果然此后吴子复除了书画教学以外就再也没有经营生意了。

1922年，吴子复考进了新开办的广州市立美术学校的西画系，当时新生有80人，校址正是现在的中央公园。这个学校用新的教育方式造就美术人才，改变了过去只靠单一师承关系传授绘画的状况，教学和实习严格有序：一、二年级基础训练，三年级作油画写生，四年级自由创作；专业课以外还有美术史、色彩学、透视学、艺用人体解剖学等等。校长是由当时的市教育局局长许崇清兼任，教授有胡根天、冯百钢、陈丘生和梁銮等人。胡根天那种傲然清严、刚正不阿、贫贱不能移、富贵不能淫的崇高品德更是影响了吴子复的一生。

吴子复考进广州市立美术学校前已有近十年书法功底，今天我们能见

到他最早在1919年写的自作联"雪夜千卷，花时一尊（落款署'沄庐吴鉴'）"。（图5）用笔肥厚丰腴，结体绵密，大致可看出他当时的书法体貌是受到康有为倡导的"尊汉卑唐，扬碑抑帖"的碑学思想影响，有蔑视正统，摒弃院体的思想。还有他于1920年以《张迁碑》《曹全碑》《西狭颂》《鲁峻碑》碑体写的四条屏，书艺已是不凡。（图6）

吴子复在这个学校学习期间正是"五四"运动新思潮非常蓬勃之时，写实主义、印象主义、后印象派表现主义的绘画理论影响着他，他认为绘画和书法主要都是线条的艺术。他说："总爱以惊疑的眼光去看取西洋输入的一切思想，一切学术的，是中国人的脾气。我认为要不是打

图5　《雪夜花时》自作四言联

图 6　隶书四条屏

算去参与世界文化事业就没得说，不然就得追，追上去并肩走。无论什么新东西总有胃口吃得下，这是日本人的长处，吃下去再算，这才有朝气。"[8]有比较才有鉴别，然后才可以谈选择、吸收、消化，为我所用。他在这一时期广泛涉猎西方美术理论，同时又博览精研秦、汉、魏、晋的篆、隶、楷、行、草书法艺术，为其审美取向和艺术风格增加了许多特色元素。

第二节　发展传播期

吴子复书画的发展传播期是在 27 至 56 岁之间，这个时期他参加过北伐军，编过杂志，有过不凡的写碑经历，逐渐成长为一名教育家、著名书画家。

一、参加北伐

1926 年夏天，吴子复在广州市立美术学校毕业时，正是北伐战争从大本营广州开始的时候，大批热血青年投身到革命洪流中，他不顾家人反对，决意从军北伐，从而有了这段一生中最富传奇色彩的经历。他当时在革命军政治部宣传科艺术股任准尉股员，股长上司正是从上海来广州市立美术学校的老师关良。

部队从黄沙车站乘火车到韶关后徒步行军北上，在湘鄂两省走了二十多天才到达武昌。他们沿途做宣传鼓动工作。一路上灾难深重的景象和大家为民族生存而抗争的事迹深深地印在了吴子复脑海之中。

1927年3月，他们在武汉三个月，艺术股被解散了，其中一些人还被通缉抓捕，形势一片混乱。吴子复面对转眼间发生的变故有点不知所措，唯有悻悻然返回广州，没想到家里情况更糟，几个月前才与他在黄沙车站挥泪惜别的恋人已另有所属离他而去。为此，他在相当一段时间里深陷消极情绪之中，经常整天抿着嘴一言不发，只是叼着烟斗写毛笔字，以解心中不平。可以说这是他人生首次遇到的较大挫折。

二、西方艺术理论的接受与运用

待局势稍微平静，吴子复与李桦等人办起了"野草社"，后来更名为"青年艺术社"，并由此社出版艺术月刊《画室》和半月刊《青年艺术》。这些刊物有介绍欧洲绘画、后印象派、未来派以及日本、苏联的美术，还有西洋音乐、散文、诗歌等等。青年艺术社的主要成员是吴子复、李桦、赵世铭、伍千里、梁益坚。撰稿人除青年艺术社社员外还有关良、胡根天等学者。当年由吴子复起草的《青年艺术社宣言》指出："我们中华民族固有的精神，在数千年里显示在艺术上的就有很美丽的诗歌、音乐、雕刻、绘画。但是，现在我们的精神又何其萎靡、凋蔽、衰老、颓唐呢？……我们不相信东方的中华民族永远都是一样的老大颓唐。我们更不相信黑暗、停滞的时期不会终结而立趋光明跃进之路。我们青年的热血，正蓬勃地沸腾。我们青年的生命力也不息地跃进。我们就把我们的热血和不息的生命力作燃料，扇起艺术底自由、和平之火，使温暖的空气熏陶遍了冷酷的人寰。"[9]吴子复对西方现代艺术和我国古代艺术的中肯态度确实难能可贵，他认为参详西欧先进诸邦理论，提取现代世界的思想来建立一种新的艺术理论为出发点是根本，其次是要摆脱一切既成规矩、既成形式、既成观念，才能够不拘题材和手法以恢复艺术的自由。他这种运用现代艺术原理分析国内书画现象有着很深的理论内涵和指导意义。

1929年9月，青年艺术社在广州市广大路举办了"青年艺术社秋季绘画展览"，共展出吴子复、李俊英、伍千里、赵世铭、梁益坚五人的油画、水彩、素描作品一批，出版图录一册。此后不久，因为李桦和梁益坚自费留学日本，其他人也各自为生活奔波，青年艺术社不得不暂告一段落。

李桦在六十三年后的1992年写给吴子复儿子吴瑾的信中对青年艺术社有一个有意思的评价："当时那是一群没有什么明确艺术主张和政治色彩的徘徊在生活十字路口的青年，他们忽合忽离，无计划无目的傻干，干劲是十足的，但客观对于当时广州有多少影响难以估计，但对全国是无足轻重的，不过他又却是确实在历史上占有一定的时间和空间，便不能把它一笔抹杀。"1932年，李研山在接任"市美"校长后，即聘请吴子复和从日本回来的李桦一起回母校执教西画系，时间长达四年。在日寇侵华广州沦陷前，吴子复一直活跃在广州画坛，留下了不少艺术业绩。吴子复这个时期的油画创作颇多，他的作品参加过1933年的"广州市第一届展览会"；1933年元旦的"青年艺术社小品"和稍后的"中华独立美术协会小品展"；1937年的"第二届全国美术广东预展"和此展览的上海、北京站的展览等等。他的画有静物、风景、人物，其中鸟和仙人掌是最常见的题材，寓意比较含蓄。例如画一只蹲在栏杆或树枝上向天张着变了形大嘴的了哥鸟，或放在桌上、露台的仙人掌盆栽，还有街景和远郊歪歪斜斜的大笔涂抹，这些画多以线条、造型来突出笔触的力度，似乎有意将书法的用笔意趣引入油画，构图简单形象概括，有倾向野兽主义和超现实主义的风格。他的画在全国第二届美展结束后随广东作品回程顺道在上海展出时，当地评论界大都持否定态度，被认为只是浪费颜料而已，但是他却有自己的想法："为什么中国画可以三笔两笔写意，而西洋画就不能三笔两笔写意呢？从来没有人发过疑问，仿佛给谁派定了西洋画必须出尽九牛二虎之力去模仿自然，中国画却可以三笔两笔去表现自己了。"[10]正当有人忙于在中国画中加入西画透视、远近、空气光色的时候，他却在用中国的眼光来看待西画，尝试着以书画的用笔作油画，在平面上找艺术。

吴子复所选取的主题有他自己的世界，其中就有中国向来的灵魂，就是一边用野兽派技法，而又突显中国绘画的趣味，这正是他在艺术上致力的地方。在 20 世纪 30 年代的中国社会状况下，搞艺术是没有好日子过的，所幸吴子复因为在校执教，可以继续拿着画笔而不必为欠薪或桌上油画颜料不足的问题而苦恼，他从不降低自己对作品的严格要求，他总会觉得："创作是一种愉快，同时也是一种痛苦。对于自己作品的不满常常给我自己极度的焦灼。作辍不常自然手眼不能一致，遂使我成为永远诅咒自己作品的人。"[11] 当时很多艺术家因环境所迫转到其他成本低廉的艺术活动例如版画等方面去了，而吴子复不肯放弃所钟爱的油画而宁愿孤芳自赏，以旧文人般的执着脾气继续走自己的独木桥。

三、机缘巧合的写碑经历和题字

吴子复在 20 世纪 30 年代仅以画家面目出现，书法作品很少公开，然而从仅存两件他当时的书迹可看出他在书法艺术探索方面从来没有间断过：第一件是现存广州中山纪念堂的《总理遗嘱刻石》（图 7），这是偶然机会得以留存的一件作品。1931 年国民党双十节到了，当局要为广州中山纪念堂建成启用举行庆典，那时候大凡有大会，与会者必先起立齐诵孙中山《总理遗嘱》。但当时没来得及准备，据说原是想请国民党大员人称"曹全王"的胡汉民来写的，但胡汉民在 1931 年 3 月 1 日因与蒋介石北伐后期政见不同而被软禁在南京汤山，直到纪念堂开幕后第四天（10 月 14 日）才离开南京去了上海，11 月 29 日才回到广州，没有机会书写此碑（他 1932 年 1 月称病去香港后一直住在香港或出外考察，1936 年病逝）。当时吴子复的同学伍千里在国民党广东党部工作，刚好负责庆典会场布置，知道吴子复写《曹全碑》很好，便请吴子复在白布上以《曹全碑》字体写上总理遗嘱。由于字迹相似又没有署名，礼成后主事者以为是胡汉民所书，便将之刻石镶在讲台正面高达 2.4 米宽 1.9 米的石碑上，书迹就这样流传下来了。

图 7　总理遗嘱碑

　　这块碑究竟是吴子复还是胡汉民所书，曾在 2003 年 12 月出现过争议，卢洁峰在她所著《广州中山纪念堂钩沉》中提出："广州中山纪念堂舞台后壁正中，有一块面积约 10 平方米长方形大理石碑刻，上书《总理遗嘱》曹全碑体，字波磔分明，端庄秀丽，虽然没有署名，查各种档案数据也没有记录，但凡熟悉民国历史的人，一眼便看出是胡汉民的字。"[12] 经过吴瑾在相关刊物上据理反驳，卢洁峰也没再坚持她当初的见解，争论也就自然结束了。但是多年以后对于非常熟悉《曹全碑》的吴子复却作出毅然放弃的举动，他后来认为学隶之初学《曹全》易飘，属于汉碑中的下品，并将之排除在他日后的"汉隶六碑学习法"之外。

　　还有一件作品是吴子复在 1933 年广州市第一次展览会会刊分类扉页上用隶书写的"工商"二字（图 8），也是伍千里邀请他题写的，虽仅二字却能看出其已摆脱清隶影响，大有《石门颂》遒劲奔放书风，极随意又不逾规矩，是年青时期血气方刚的写照。当时同册题扉页的还有邓尔雅、

图8　吴子复《工商》题字

冯康侯、胡毅生、陈融等，皆为一时之俊杰。

四、战火中的教学生涯

在抗日战争战火纷飞的年代，吴子复有一位亦师亦友的好朋友胡根天先生。胡根天是广东现代美术的先驱，毕生从事美术教育，足迹遍布南粤。他的美术思想、教学理念和中华文化推广的方式、方法均深刻地影响了吴子复的一生。他们之间渊源甚深，一个凡事召唤，一个永远追随，友谊长达半个世纪。

1940年4月，胡根天带头办起了"广东省艺术馆"。馆长是赵如琳。艺术馆下设戏剧、音乐、美术三科，专门培训抗战宣传骨干，每期学员培训两三个月。吴子复任美术课导师。这个机构后来改为"广东省立艺术院"，也就是"广东省立艺术专科学校"的前身。由于战局变化，经常有敌机来袭，学校曾多次转移，吴子复在这所像打游击般的学校执教到抗战结束学校回迁广州为止。

关于当时的情况，胡根天在一篇回忆文章中提到："广州沦陷前夕，我辗转到了西江。在广宁时，闻得我在广州市美教过的学生吴琬（后改子复）在四会，我便到四会找他一起走路到连县。连县有从广州撤退的妇女连、儿童团、教育团共千多人的组织。住了三个多月后在连县三江（现在的连南县），办起了干训所。由省主席李汉魂兼任所长，民政厅厅长何彬任副所长，陆宗祺任教育长，有一千多个学员，我在该所任美术教官，过了三个月我便随省府到达韶关，与吴琬一起住在韶关火车站附近一间茅棚里。陆宗祺到韶关后，调任省动员委员会当主任委员，他需要搞宣传的人，我便推荐吴琬去他处搞对日抗战的宣传画工作……"[13] 不久，胡根天又与戏剧家赵如琳、音乐家黄友棣等人在韶关创办专为抗日培养宣传人才的"广东省战时艺术馆"（广东省立艺术专科学校前身），聘用吴琬为美术科主任，开始了所谓"三易校名，十迁校址"的"省艺专"在抗战中坎坷艰难的历程。从当时由他们几位所作校歌便可让人有深刻体会："血的教训摧毁了因袭萎靡的旧习，铁的现实练就了不屈不挠的精神，让我们雄伟的歌声唤醒了民族的意识。激情的戏剧振奋起民族的力量，庄严的绘画表现出民族的新生！"[14] 歌词慷慨激昂，无比鼓舞人心。

关于胡根天与吴子复在广东省艺专那段日子的情谊和经历，有两封吴子复写给胡根天的书信（胡根天在吴子复去世后将之送还吴家后人保管，非常珍贵）可以为证。其中一封是用行草写的（图9），内容是：

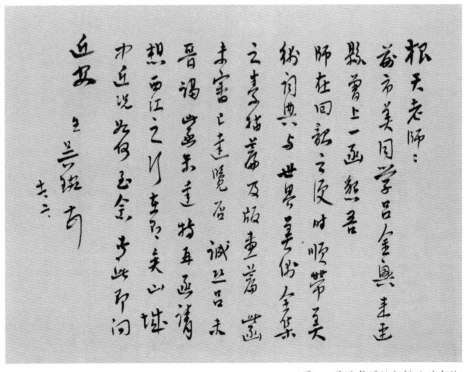

图 9 吴子复写给胡根天的书信

根天老师：前市美同学吕金兴来连县，曾上一函，恳吾师在回韶之便时，顺带美术词典与世界美术全集之素描篇及版画篇。此函未审已达览否？诚恐吕未晋谒，此函未达，特再函请。想西江之行在即矣，山城中近况如何？至念！专此，即问近安。生吴琬顿首。十一·二。[15]

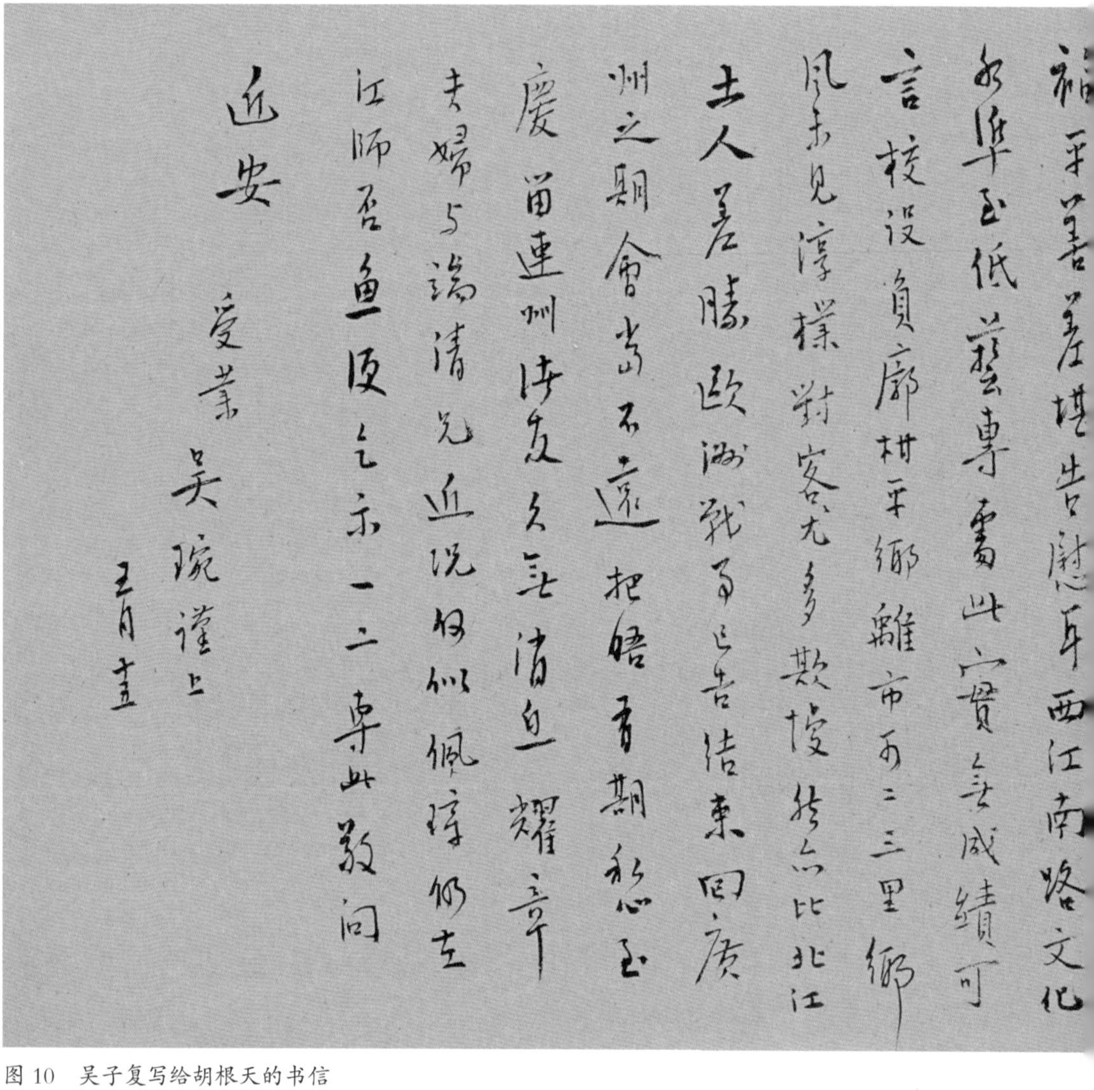
福平蒙善差堪告慰耳西江南路文化
如卑至低藝專畫此實无成績可
言校設負廓柑平鄉離市不二三里鄉
風未見淳樸對客尤多欺陵然亦比北江
土人善勝歐洲就有上吉結束回廣
州之期會當不遠把晤有期私慰至
慶留連州法友久无清息耀章
夫婦与瑞清兄近況如何佩璋仍在
江師否盼便示一二專此敬問
近安
受業　吳琬謹上
五月十五

图 10　吴子复写给胡根天的书信

此信没有年款，但按信中所说艺专地点，据推测是在 1942 年。信中提到的《世界美术全集》是日本版的，当时学西画的人大都是通过这套书来了解西方美术状况。这套书随胡根天度过抗日战火和"文化大革命"的浩劫还是被保存下来了，现收藏在广州画院。另一封信是 1945 年在罗定用行书写的（图 10）：

根天老师函丈 连州一别寒暑者再更
寇犯粤北鄞路梗阻无由裁候北望
云山未尝不依 如此闻吾
师仍留曲雷山城 执教女师担寇追东
陵时受惊驾远经矣去岁抄如琳兄曾
电请南来此电未狭赐收未审曾达
函丈否生计我
师南来成行亦易 旅途修阻事眷尤
难此间自复课以来一切尚稀近门如
言惟经费接济精阻耳去岁罗定跻
散时生与沙友 命罗镜青初旬又
与宇保客茂名十百中旬招生俊始

　　根天老师函丈：连州一别，寒暑再更。寇犯粤北，邮路梗阻，无由裁候。北望云山，未尝不依依也！此闻吾师仍留处山城，执教女师，想寇迫东陂时，受惊匪轻矣。去岁秒，如琳兄曾电请南来，此电未获赐复，未审曾达函丈否。生计我师南来，成行匪易，旅途修阻，挈眷尤难。闻此间自复课以来，一切尚称进行如意，惟经费接济稍阻耳。去岁罗定疏散时，生与诸友亡命罗境。十月初旬，又与宗保客茂名。十一月中旬招生后始返其间。不无彷徨狼狈处，总幸托福平善，差堪告慰耳。西江南路文化水准至低，艺专处此，实无成绩可言。校设负廓柑平乡，离市可二三里。乡风未见淳朴，对客尤多欺慢，然亦比北江土人差胜。欧洲战事已告结束，回广州之期会当不远。把晤有期，私心至庆！留连州诸友久无消息，耀章夫妇与端清兄近况何似？佩璋仍在江师否？鱼便乞示一二。专此，敬问近安！受业吴琬谨上。五月十五。[16]

　　信中所讲是"省艺专"在粤西北辗转躲避日寇，坚持办学的真实记录，是广东美术教育史难得的素材。此件措辞恭谨，书法端庄，借此展现还有一个目的，就是能让读者看出吴子复的"二王"体的功力，还可作为研究吴子复早期书法的参考。

　　吴子复在抗战的恶劣环境中完成了《绘画综合课程》《素描技法》《现代绘画概论》三本讲义，并亲自以铁笔刻蜡板用毛边纸油印好供学员使用。这些书对传统与现代、继承与创新、技巧与艺术等问题都有精辟论述。那时候吴子复只能在环境非常简陋的地方画一些抗战宣传画，这位"为艺术而艺术"的油画家不得不暂时把野兽主义抛开，让创作和现实生活结合起来，这种转变要有很大勇气，他的内心肯定是痛苦的，之所以痛苦不是他必须画，而是要画好这样的题材会有力不从心的感觉，那些控诉力极强的宣传画对于一个野兽主义者有多难是可以想象的。黄蒙田先生在他《回忆吴子复》一文中对吴子复在抗日战争后的状态有如此描述："1945年冬天，战争结束了，我从四川回到广州，在今天的中山四路一家叫黄图艺术公司里我又看到吴琬，这回我一看到他的作品不再是油画，而主要是写张迁碑一类的书法，署名他的字：子复。从那时开始，他就不再用吴琬这个本名了。我不知道他为什么彻底放弃油画，是那一套油画很难再找到市场吗？是他觉悟到再照搬马蒂斯在中国不可能有什么出路吗？我不能明确知道。我只知道他以过去的书法底子加上现在百倍用功的锻炼，终于练出了深厚凝重的汉隶书体，终于创造了吴子复风格的书法。"[17]

1946 年 7 月 17 日，吴子复与潮安姑娘杨树华结婚。他在结婚照上题字道："我和你开始体味人间生活的爱了。不要畏怯，不要踌躇，迎接新的一切罢。这是神的昭示：'在做艺术家之前，必须先是人。'"[18]语气真切动人。

1949 年，吴子复经常往来于穗港之间。同年 10 月 25 日，吴子复与李研山、陈汀兰在香港思豪酒店画廊举办三人书画展。

五、从香港到广州

中华人民共和国成立以后，国家逐渐为艺术家的创作提供较好条件，1951 年，吴子复结束了在香港开设的"时代画室"，应胡根天邀请回广州协助筹办"广州博物馆"。博物馆就在越秀山镇海楼，他的隶书榜书"镇海楼"、"广州博物馆"以及长联"万千劫，危楼尚存，问谁摘斗摩霄，目空今古；五百年，故侯安在，使我倚栏看剑，泪洒英雄"就是他当年在同一栋建筑写出不同风格的三件作品。吴子复在此后三十年相对安定环境中把自己的书画艺术从成熟推上了高峰，为社会留下了一大批令人难以忘怀的艺术精品。

1953 年 9 月 23 日，吴子复被广州市人民政府聘为广州市文史研究馆馆员。高兴之余，他把自己的画室命名为"宁斋"，寓意终于不再颠沛流离，有了一方自己的小天地可以继续艺术索求。回顾自己的曲折道路，他觉得应该去帮助那些有志于学习书法的年青人，成为他们的带路人，于是便挂起了"子复画室"招牌，招收学生进行绘画和书法教学。在书法教学上他从上百个汉碑中精选出六个有代表性的汉碑作为初学的阶梯，这六个碑的顺序是《礼器碑》《张迁碑》《西狭颂》《石门颂》《郙阁颂》和《校官碑》。他这套从汉碑入手考察百代书迹并经过多年实践才选定的教学方法深受学生的欢迎。到了60年代初，吴子复利用在广州文史馆夜学院讲授《汉魏碑刻书法研究》课程的机会，更加着力推广这种"六碑渐进式学习法"。他自己也由于有深厚的美术功底，非常懂得线条妙用，在传承汉代书法质朴文韵，雄健秀逸并存的同时，创造出一种既有传统用笔技巧又有时代气息的吴子复隶书。这种隶书对粤港澳地区影响非常深远。当年能坚持下来不断努力的学生，大都成为今日书坛的佼佼者。

吴子复最为人称道的是不爱出风头，甘于寂寞，埋头苦干，是个完完全全的艺术家。他有一篇杂文《自己的一日》是这样说的："闭致在斗室中，拿着画笔，浸在苦思力作的，一笔一笔放在画布上，把以外的事情通通抛向九霄云外，作算米缸已经空了，晚餐如何打算呢，那些事情也忘却，这一日才是自己的一日。"[19]

在此期间发生了一件值得一提的事情：由于吴子复已回到广州，和在香港的李研山不容易见面，只能靠书信往来，他们还有"非毛笔写信不复"的朋友之间的约定。在1953年的某一天，吴子复收到李研山访得吴镇（1280-1354，元四家之一）真迹《草亭诗意卷》后写来的信，摘要如下：

　　……去年十月初，问得梅花道人吴仲圭《草亭诗意卷》。在市肆中经不少藏家及书画贩子见遍都无敢问及。弟买得方讶为奇迹（此画来历可一查各大著录），在吾粤藏家而论，岳雪楼可称巨擘，只得梅花道人《枯木竹石轴》及《墨竹》而已，山水无有也。此卷诗、书、画及篆款均齐，又有沈石田跋，宋纸所写，明朝装池，此可称难得之品，亦石谿壶馆之严师，不轻示人者也，次奇影得片子时（依原作大）即寄呈以惊座……。[20]

原来在上一年年底，李研山在香港思豪酒店画廊偶然看见搁在一旁尘封已久的一个卷子，据老板称是赝品私货，李研山拿来展开一看：笔墨中透露出灵气，题字沉着老练，"梅沙弥"（吴镇的别号）三字映入眼帘，当时他的手竟激动得发抖，还有沈周的题跋毕恭毕敬，篆额气度非凡，不禁眼前一亮。李研山一时难以平复自己的心情，凭借自己的学识和慧眼，他救起了一件稀世珍品，从此得到了鉴藏界的信赖，日后有更多机会亲睹更多名人真迹。

非常凑巧的是，吴子复和李研山二人对吴镇的人品和作品都是推崇备至的，早在李研山寻得吴镇此画的十年前，即在 40 年代初吴子复就写过一篇随笔《不朽之业》，是鉴赏吴镇的短文，原文如下：

> 操一艺以至神明者，必先抱卓绝一世之见，如韩子之文，在独立独行自出手眼，卒为不朽之业。惟其当时不以毁誉计，不以荣辱念故也。梅花庵主书画靳志于古，不为习尚所移。与盛子昭同里闬。子昭远近著闻，求笔墨者踵接。仲圭之门雀罗无问，妻孥视其坎壈而语撩之曰：'何如调脂杀粉效盛氏乎。仲圭莞尔曰：汝曹太俗，后百年吾名噪艺林，子昭当入市肆。身后士大夫果贤其人，争购其笔墨，一卷可抵饼金。子昭画几至废格不行。'方兰士《山静居画论》这段话给现在那一批终日忙于吹牛开展览的'艺术家'看看，不知有动于中否。
>
> 社会经济频于破产，而人的生活绝无保障的时候，安得不为盛子昭！纵能不为利诱，其奈妻孥之视其坎壈何！[21]

此文赞扬大画家吴镇安贫乐道，不为世俗短浅眼光所移，也不为生活困苦所迫，宁愿挨穷也坚持自己的艺术追求。认为若要成就艺术的不朽之业就要有吴镇这种精神。

吴子复万万没有想到因为李研山，自己竟能在十年后，在香港与老朋友一起欣赏到吴镇的山水画真迹。此真迹几经岁月蹉跎，现收藏在美国克利弗兰美术馆。而作品原大照片一直藏在吴子复家中，在 20 世纪 70 年代初，吴

子复的书法艺术已进入成熟高峰期，已经很少作画，但由于对传统艺术精华的虔诚态度，对吴镇的崇敬和对老友李研山的怀念，他花时间依照摄影本精心临摹了一卷《草亭诗意卷》，并题与夫人杨树华共娱。（图11）

六、以隶入篆的新尝试

吴子复的篆刻艺术与他的绘画、书法一样，都是广东顶尖，全国有名的。他的篆刻是乘碑学之兴，携书画之长，另拓境界，自成壁垒，开创了岭南篆刻的一代新风。吴子复在篆刻方面起步较晚，大概在五十岁以前，他书法作品的用印都是由他的同学兼好友冯康侯、陈语山所刻，或者由他自己写好篆印稿后由陈语山操刀刻印。后来冯、陈二人定居香港而吴子复回到广州，两地分隔造成不便，吴子复才拿起刻刀，宣称以隶笔作印来开展他的篆刻创作。

他所谓"以隶笔作印"绝不是以隶书入印，而是主张抓住汉碑与汉印血和肉的关系，深刻体会汉碑由篆转隶，欲隶还篆的气韵，以隶意而不是

图11　吴子复临吴镇《草亭诗意卷》

以隶字入印，他特有的"吴隶"资本在这方面起到了相当重要作用，他治印有隶意主要表现在两个方面：其一是篆法参入隶意；其二是操刀治石参考了海派吴昌硕的钝刀法，采用双刀涩进法，即在字的两侧先后下刀，用刀背钝锋如石，微微摇曳刀锋使两边都有摩擦，欲进不进，造成线条有斑斓剥蚀效果而更显神趣。他的西洋美术涵养明显影响了他的印风，同一艺术源流上的继承是一种吸收，跨学科领域的借鉴也是一种吸收，这种吸收促成了吴子复的"顿悟"，使他在篆刻艺术上产生了更大的飞跃。

　　吴子复的篆刻虽不及书法影响大，但已形成个人风格，在印坛可圈可点。马国权在《近代印人传》中对其治印给予高度评价，认为他"晚年作印，纯以其书法之长，固不观皖浙，亦不论秦汉，自用印尤为佳构"[22]。

　　吴子复自己著有《篆刻艺术》一书，对篆刻有独到见解。他认为，"书法与篆刻所用以构成形式者，不外为线条，线条必须有量感"[23]。他强调在篆刻中一定要融入作者的思想感悟，个性甚至人格。他说："如果篆刻

图 12　吴子复篆刻

缺少了作者的思想感情、人性与个性，纵使刻得如何工巧也不过是一种技术罢了，而不可能成为艺术品。"[24] 所谓刻什么，怎样刻是个关键，而这两方面最能体现作者思想感情和个性。由吴子复生前厘定，岭南美术出版社出版的《野意楼印赏》，和陈建华主编，吴瑾副主编的《吴子复书画集》中所展现的数百枚印章印纹，可以看到吴子复的篆刻作品继承和发扬了汉人治印有隶意的风格，有些篆刻例如"关良""怀冰堂""泷缘轩"（图12）就有这些表现。它们不像一般篆书线条弯曲有致，两侧表面平滑均等如蚯蚓，而是线条变圆为直，粗糙雄浑很有隶意。这些作品熔古今于一炉，书情画意，古趣怡人，新意异态，师法造化应有尽有。人们可以通过这些凝聚了吴子复心血结晶的作品领略到他的独特印风和高尚情操。

第三节　成熟稳重期

吴子复的成熟稳重期大概是在 57 至 70 岁之间，这一时期他很多书法作品被用于城市雕塑和重要名称招牌。他还把几十年书法功力熔铸在《吴子复隶书册》之中。

一、城市书法家

1956 年 8 月 11 日，吴子复加入中国美术家协会广东分会。同年 10 月 30 日，加入中国民主同盟。1957 年 11 月他有隶书作品《临石门颂》参加"中

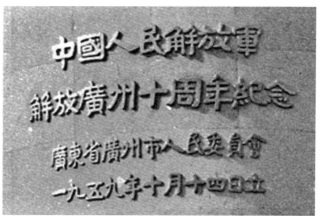

图 13 解放广州纪念碑

图 14 洪秀全纪念碑

日书法交流展览"。此展览是二战后中日首次大型文化交流，参展作品有一百件。展览先后在东京、大阪、长崎和名古屋等地作巡回展出。

20 世纪 50 年代末期，吴子复曾参与两座纪念碑（像）的创作：第一座是尹积昌的《解放广州纪念像》，吴子复题"中国人民解放军解放广州十周年纪念广东省广州市人民委员会一九五九年十月十四日立"（图 13）；第二座是花县《洪秀全纪念碑》，吴子复题碑文（图 14）。可惜这两个碑在"文革"时被毁，这无疑是广东书法宝库的一种损失。

20 世纪 60 年代吴子复以隶书写的碑刻有三个：第一个是"广州中山

一九二七年十二月十一日·
廣州工人階級和革命士兵在中國
共產黨領導下·舉行了轟轟烈烈
的武裝起義。

在廣州起義中·蘇聯人民給
予中國人民無私的支持。紀義失
敗後·蘇聯領事館副領事和館員
多人被反革命勢力所殺害·光榮
犧牲。表現了偉大的無產階級國
際主義精神和大無畏的革命英雄
氣概。

在廣州起義中犧牲的蘇聯同
志永垂不朽!

中蘇兩國人民的戰鬥友誼萬
古長青!

图 15　广州中山纪念堂重修碑

图 16 "中苏人民血谊亭"碑文

一九二七年十二月十一
日·廣州工人階級和革命
士兵在中國共產黨的領導
下·舉行了轟轟烈烈的武
裝起義·

在參加起義的革命士兵
中·有朝鮮青年一百五十
餘人。他們與中國戰友高
舉義旗·并肩作戰·最後
在沙河之役堅守陣地·大
部份英勇犧牲·表現了偉
大的無產階級國際主義精
神和大無畏的革命英雄氣
概!

在廣州起義中犧牲的朝
鮮同志永垂不朽!

中朝兩國人民的戰鬥友
誼萬古長青!

图 17 "中朝人民血谊亭"碑阴

图 18　吴子复题《西苑》

纪念堂重修碑"（图15）；第二个是广州烈士陵园"中苏人民血谊亭"碑文（图16），此碑造形是高台上一本打开的书，碑的左边一页有广州起义领导人之一的陈郁题词"中苏两国人民的战斗友谊万古长青"；第三个也是位于广州烈士陵园的"中朝人民血谊亭"，碑阳是叶剑英元帅所写的"中朝两国人民的战斗友谊万古长青"，吴子复写碑阴（图17），此碑记叙了朝鲜战士在广州起义中的功绩。据前广东省博物馆研究员黄大德在他发表在羊城晚报文章《从"谊"字说起》中提到："关于中朝血谊亭的碑文，陶铸同志生前曾对人说，这是周恩来总理指定要吴子复先生写的。那么周恩来又怎么会知道吴先生的书法呢？早在北京人民大会堂建成时，广东厅里就以吴子复写的隶书《毛泽东长征诗》作装饰，后来由于中国外交活动渐趋频繁，有关方面请吴子复用隶书写了'我们的朋友遍天下'七个大字，装在广州白云机场大楼顶端，十分醒目。周总理陪外宾到广州，看到这几个字后，表示赞许，并详细询问是谁写的。"25就是这样，周总理的关心成就了吴子复这件优秀作品。

1964年9月8日，吴子复加入了广东书法篆刻研究会。在这个时期他为很多店铺写过匾额，比较重要的有流花湖边的《西苑》（图18）和《友谊剧院》（图19）。友谊剧院名号有个特别之处就是吴子复的名款。纵观吴子复从写"总理遗嘱"起都没有名字落款，这一次为什么会例外呢？原来该

图19　吴子复题《友谊剧院》

剧院是广东省的重要文化地标，1965 年建好后使用的题字已是吴子复手笔，但是落款没做，因为那时社会环境只有毛主席等少数领导人有此专利。2006 年，友谊剧院重新整修好时上级领导要求添加名款，此时吴子复已经去世，只好请其后人协助从他以往的书法作品中找出吴子复名款，以及乙巳兰秋几个字。但领导认为干支记年群众不懂，于是便由装饰公司另外集出"一九六五年八月"几个他的隶字组合一起后用金属做了出来，致使落款字体不一，字距位置也不适当的情况出现。剧院这段弄巧成拙的插曲更使吴子复的题字多了几分传奇色彩。

二、《吴子复隶书册》

在"文化大革命"浩劫中，"破四旧"狂澜曾席卷全国每个角落，令人瞠目结舌、痛心疾首的事情在街头巷尾比比皆是，"子复画室"也不能幸免于难。在 1966 年 8 月间，吴子复被迫自行捣烂一批石膏像作品和多年创作的油画，以免自己多年心血结晶被毁于无知者手中，然而当他清理出一大堆碑帖拓本，忽然看到了那本斑驳破旧的《张迁碑》——自己少年时的心头至爱时，才猛然惊醒：这些民族艺术精髓是不会就此湮灭的！从那时起，他尽量把剩下的碑帖、书画作品转移到友人家中藏了起来。这些东西是得到了保存，可惜他由广州市立美术学校开始的四十多年中国油画梦就此打住，"子复画室"牌匾也被放到家里某个角落了。其后他只能每天到文史馆抄写"最新指示"和"斗私批修"材料。不久他的妻子儿女都分别被"派到""五七干校"或"上山下乡"接受再教育去了，这位古稀老人撑着拐杖步入了他一生中最孤独的最后十年。

吴子复在他自嘲为"伏叟""灶下翁"的年代，只能把挥毫作书当作排遣孤寂和自我安慰的良药，他经常独自研磨一大砵墨汁，诚惶诚恐地倾泻到宣纸上。当时毛泽东诗词三十七首是比较保险的题材，他用隶书写了一本又一本，把几十年功力发挥得淋漓尽致。此时人们已无法从他的字来认出何种碑何种体，看到的只是吴子复隶书罢了。在那些日子，他被抑郁和忧愤侵蚀着脑部而多次昏倒在书案上，身体状况逐渐变坏。

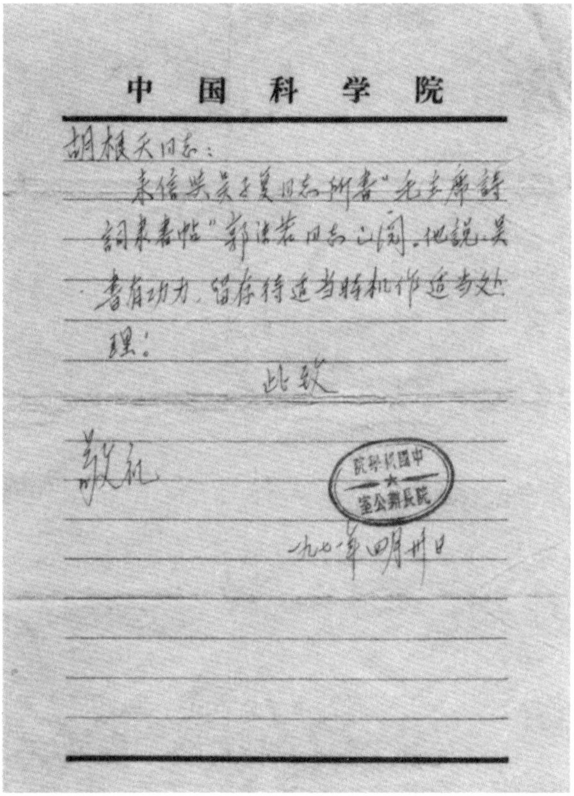
中国科学院

胡根天同志：

来信并吴子复同志所书"毛主席诗词隶书帖"郭沫若同志已阅。他说：吴书有功力，留存待适当时机作适当处理。

此致

敬礼

中国科学院院长办公室

一九七一年四月卅日

图 20　中科院复函

正当“大字报”满天飞，“牛鬼蛇神”满街跑，神州艺苑被践踏得零落不堪的时候，“书法”这个古老精灵却又巧妙地披着实用外衣悄悄兴起逐渐蔓延，社会上盛传一些小道消息说某某书法权威认罪材料大字报贴出来隔一夜就不翼而飞了，字被人收藏转卖了等等。许多人利用从单位免费领来写大字报的笔、墨、纸来练习书法，上门找吴子复学书求字的人也多起来了，似乎当年“野火烧不尽，春风吹又生”的“野草社”复活了。吴子复对上门者都尽量满足要求，素未谋面的人只要说想学书法，都能得到他一二页范作，教材还是用“毛诗”，来得多者会收获更多，没有练过“六碑学习法”的人可能不懂学习方法，可下过些功夫的却能写得与他的吴子复隶书有一点形似。吴子复此时只志在推广书法文化，对把他作品拿去送礼交易的行为并不介意。朋友们常对此评论说与他过去惜墨如金的做法相比真的判若两人。

大概在 1969 年下半年，胡根天把吴子复的辛劳看在眼里，建议他把作品拿去出版，这样既可免除反复书写麻烦，又可扩大传播范围。但是当时的广东出版部门均采取多一事不如少一事的态度，一概拒之门外。后来胡根天亲自将这册字帖寄给了郭沫若同志，终于在隔了一年多以后的 1971 年 4 月，中国社科院办公室依照郭老吩咐回信称：“吴书有功力，待适当时间再出版。"（图20）可惜之后再无音信。其实后来大家都知道当时的郭老也正处在恶劣政治环境中自身难保！

这册字帖延至1979年才由广东省人民出版社从中选出一部分诗词，再加上一些吴子复所书其他几位无产阶级革命家诗词后，以《吴子复隶书册》之名出版。其时吴子复刚去世不久，他在病中连该书的样书也未能见着，着实令人感伤。

胡根天在这本书册的前言中说："现在介绍的《吴子复隶书册》一书中，它是精练地仿拟汉隶风格的一本好作品，对于爱好传统书法者来说，最有欣赏和参考价值的。吴子复同志是广州文史馆馆员，年将八十，研究书画艺术已有六十多年，对各种书体造诣很深，尤以隶书有名于世。近年来，研究书法者越来越多。在毛主席的古为今用的光辉思想指引下，书法艺术将会跟着时代进一步得到普遍发展，这本隶书册的出版，有助于当前艺术活动的开展。"[26] 对吴子复隶书作了非常中肯的评论。

第四节　《好大王碑》情结

吴子复在他逝世前的十年间特别对《好大王碑》作了专门研究和临摹创作，达到了其书法艺术的又一高峰。

吴子复在七十岁以后写隶书有个明显转变，除了完成一些书作以外，舍弃了对其他碑帖的钻研，转而专攻《好大王碑》。《好大王碑》是在一千五百多年前，邻近中国吉林延边东鸭绿江边的高丽国的第二十代王长寿王，为纪念其父十九代王淡安征战四方、建国立业屡有功绩以及因对宗主国的恭敬而被中原皇帝封为"好大王"的事迹而立。大概是高丽国远离中原的缘故，此碑与当时通行的精丽书风迥异，书法在篆隶之间，方正古朴、圆浑厚实，多有周秦篆籀遗意，也由此闻名于世。

在《吴子复书好大王碑字》一书中，黄小庚用"抱瓮斋主"笔名在《叙》里有一段有趣的描述："大概是一九七一年，吴子复先生爱上《好大王碑》。

海外人士说，该年是他的'《好大王碑》年'。这场碑恋说起来倒是很偶然地开始的。这一年，吴先生很孤单，夫人和子女都下放去了。作为一个偶然和他来往的忘年交，我也正在病闲。记得有一次，我把小时候存下来的一个很普通的拓本《好大王碑》送了过去，但先生反应沉寂。改日，我便把这本碑又借回来，顺序从中钩出廿七个刻削得最拙而又稍有关联的字，再尽可以利用其中的十四个字集成一副七言联，'岩拔永资斯观奥，舍远还来此客贤'。不想就是这十四个字胚的拙味，却使几乎'写遍人间两汉碑'的先生深深陶醉，欣然命笔，并一发而不可收拾。《好大王碑》是晋刻，字形既不完全如龟如鳖，笔画也不讲究蚕头雁尾，甚至隶诀中的'雁不双飞，蚕不二设'的规律徒然无所体现。怪不得吴先生在写完那十四个字后，署款时立誉之为'憨态不拘平直，拙处倍有生机'，遂令'庄者观之庄，谐者视之谐'。前人论书，不耻'未达而奇之亟'，即反对不拘平直尚未达到就以憨傲人、以拙吓人。子复先生这会碰上《好大王碑》，却该说是达而奇，得其所了。他在强调写汉碑须循六碑（《礼器碑》《张迁碑》《西狭颂》《石门颂》《郙阁颂》《校官碑》）而进之后，这《好大王碑》该是取法汉碑以外吴氏书艺体系的第七碑，他的另一种崭新的面貌和另一峰巅了。也就是站在这个峰尖上，子复先生通过集该碑字成联的他最惬意的形式，抒陈着他的艺论、人情、心境与哲理，直至表明他的政治态度，而且书情并茂又庄谐互见。"[27]

吴子复写《好大王碑》的很多作品由岭南美术出版社收集在《吴子复书好大王碑字》中，于1987年11月出版发行。这本书搜集的作品类型比较多，内容很丰富，可以看到吴子复在用笔和结构上都有残缺美的表现，点画化平直为斑斓老涩，竭力再现碑石上线条的残缺质感。字形在原碑有残缺的面貌上做适度夸张，把原碑拙质雅朴的品味变得更加浓郁，从中透露出幽默的情调。

吴子复生前常常说希望他的《吴子复书好大王碑字》问世，能使社会书坛上太多的"吴子复"（即学他吴子复隶书者）减少。的确，在他写《好

图 21　《暮年今世》七言联

大王碑》时，其字、其联、其情、其义都是很有品味的，值得书法爱好者学习。

时光在笔墨中流逝，吴子复在他垂暮之年雕刻了"通会之际"这枚印章，在款识上刻着"通会之际，人书俱老。余从事书道艺术六十余年，孙过庭此语始有所体会"，他此刻的顿悟使他忘记了尘世间的荣辱浮沉，回头追寻童年时失落的童真世界。他在 80 岁生日那天用《好大王碑》字为自己写了一幅对联："暮年还复稚年乐，今世相知后世人。"（图 21）那憨态可掬不拘平

图 22　隶书《朱德游七星岩诗》

直的笔调，洋溢着孩子般的纯真，仿佛是生命的自然跃动。

吴子复在他生命的最后时光依然没有离开创作。他最后一个碑刻作品是肇庆七星岩景区的隶书《朱德游七星岩诗》，诗曰：七星降人间，仙姿实可攀。久居高要地，仍是发冲冠。开心才见胆，破腹任人钻。腹中天地阔，常有渡人船。（图 22）吴子复书写此作品时已是 78 岁高龄。石刻做成后他和两个儿子吴琚、吴瑾以及秦咢生、曾景充、涂夫等前往观看，还受到当地政府的热情接待。

吴子复的一生是钻研隶书的一生，是说不尽隶书故事的一生。吴瑾先生在《我的父亲——吴子复的生平与艺术》一文的结语这样写道："在中国文化艺术的春天到来之前，吴子复走完了他的人生和艺术旅程，留下了一段曲曲折折的脚印，他生前没有过安逸和悠闲，没有过显赫和堂皇，没有过展览会前成行的花篮、喧哗的喝彩和掌声，然而在他离去之时并没有带着遗憾。正如他自己坚信的那样，他的艺术必将随着时间的推移而日益

为人们所认识和欣赏。有个文学家的一段话是他的座右铭，作为本文的结束，'凡有艺术品，无须要懂得快，然而既经懂得，就须有味之不尽的味道。这是不消说的，必须有作者深深的人格。凡艺术家，应该走着自己的路，而将对自然和人类深深的爱，注入自己的作品里'。"[28] 这段话也同样适合于书法经验的总结。

【第三章】 碑学理论的关注和实践

第一节　重视碑学理论

历史上有名的碑帖之争始于清代嘉庆、道光以后。为了易于理解，我们简单厘清碑派和帖派的一些概念。

关于"碑"与"碑学"，广义的碑是刻有文字的碑。"碑学"是指把与书法有关的刻有文字的碑用宣纸、墨汁椎拓下来作为摹本进行书法学习的方法。在清代由于"宗碑"与"宗帖"之争，碑的意义与帖相对作为书体的一派而出现。康有为在《广艺舟双楫·尊碑》中说："碑学之兴，乘帖学之坏，亦因金石之大盛也。……出碑既多，考证亦盛，于是碑学蔚为大国，迁乘帖微，入缵大统，亦其宜也。"[29] 这里，康有为把学碑的书法实践称为"碑学"，而且所指的碑就是北碑上的字迹，实际上除了北碑，在南朝秦汉甚至三代的石刻，或者在青铜器、龟甲、陶器上的字迹都可纳入碑的范畴，对以上内容作为主体研究对象来进行学习的就称为"碑派"。

关于"帖"与"帖学"，原本古人用帛、缣素和纸写成的小件篇幅的都可以称作帖，后汉以后，书家尤其是名家所书短札、尺牍等翰墨往往被人珍藏，书学方面所指的"帖"的范围就缩小了，演变到宋代就有人收罗聚集古代书家的手迹刻石以作示范，此时叫"丛帖"或者"汇帖"。学书者通常将习字模板称为帖或者包括碑在内合称碑帖。在清代有"碑派"、"帖派"之分后，帖用来代表书体之一派。康有为在《广艺舟双楫》也有讲帖，主要是指法帖、刻帖上的法书。在实际应用中，帖是包括延伸至晋、唐及其以后钟繇、"二王"系统的书家书迹。这些书迹有的是墨迹，有的是被翻刻在木板上或石碑上的。我们把学书上对以上内容作为主要师法对象的称为帖派。

吴子复是一位教育家，从事美术和书法教学数十年。他在《汉魏碑刻之书法研究》中有一句话可以说正是他对碑学的理念，他认为："学书学碑当从汉碑入手。从书法艺术看，汉是最发达最蓬勃的一时代。不止气体高，变制亦最多，可以后世书学宗师。"[30]换言之，学隶书脱离汉碑就无从说起了。

对于作为临摹对象的碑与帖，他则认为"学画可以对着客观实物描写，学书无实物可对，须对古人名迹。晋人书迹流传后世者曰帖。唐、宋时代印刷术没有今天那么精，只靠钩摹入石，刻好之后再椎拓，始有一件书迹的复制品。一勾摹，一刻石，一椎拓，经过三重手，这张复制与原来真迹比较，最多不过所得七八成。所以米元章说：'石刻不可学，但自书使人刻之，已非己书也，故必须真迹观之乃得趣……'当然，在米元章时代，"二王"真迹在人间者还有很多，他主张学书须对真迹自然是无可非议，但是在差不多千年之后的今日来说就谈何容易了。康有为在《广艺舟双楫》中说："晋人真迹至明犹有存者，故宋、元、明人之为帖学宜也。夫纸寿不过千年，流及国朝，则不独六朝遗墨不可复见，即唐人钩本已等凤毛矣，故今日所传诸帖，无论何家，无论何帖，大抵宋明人重勾屡翻之本，名虽羲献，面目全非，精神尤不待论。譬如子孙曾玄，虽出自某人，而体貌则迥别。国朝之帖学，荟萃于得天，石庵，然而远逊明人，况其他乎？流败既甚，师帖者绝不见工。物极必反，天理固然。道光之后，碑学中兴，盖事势推迁，不能自已也。"[31]从这段话可以了解到，过去学书之人不但没有真迹看，而且想找一本好一些的拓本也是不容易的。吴子复继续写道："从前印刷术未发达，学书是一件不容易的事，藏家的法帖不容易借得来看，一般人只有在坊间买些面目全非的本子，什么《十三行》、什么《兰亭序》之类，愈学愈俗，越学越低。那些能够出高价又自以为精鉴赏的文人雅士所藏的也未必全部可靠，真赝固然不知，好歹也不容易分辨。"[32]"假如没有比较也许觉得甚佳，但一经比较就觉得连字也是写错了。包世臣那两句诗'山阴面目迷梨枣，谁见匡庐雾霁时。'百多年前的人已经对学帖

提很多意见。邓石如、伊秉绶辈便转而学碑。因为碑翻刻的甚少，如果得
到早些时的拓本，自可见出那碑中书法的精神。"[33] 从吴子复这些看法可
见他是比较崇尚碑学一派的。

吴子复具备了深厚的学养和书法技艺，知道传统"二王"的书帖对每
一位学习书法者的意义，碑与帖的字迹是没有高下之分的，碑与帖好似茶
与酒，同一个人，他可以饮茶，也可以饮酒，只偏好茶不喝酒也行，偏好
酒不喝茶也行，或者茶酒皆喜欢也好，都无损他的品格，也不必引起别人
对他的评论，而他强调学隶书就应该拜汉碑为师，因为汉碑隶书古韵神采
的书法精神是不可取代的，是别的朝代所缺乏的，在中国文字发展史上隶
书的角色颇为特殊，隶书作为主流应用性书写符号时间实在很短暂，可以
说只有两次高潮是具有突破和解放意义的。第一次是形体突破，秦代的篆
字由圆变方成为隶字的隶变过程正是发生在汉代，但隶字又很快在汉末唐
初演变出楷字，楷字很快在政府、民间广泛流行，隶的流通角色就被取代了。
从篆书发展到楷书，其间的"隶变"过程，这隶者之书成熟为个性丰富多
样，形象极为鲜明的艺术，在东汉呈现出百花争艳的盛况，留下了大批千
古垂范的珍品。但在这以后沉寂了上千年，第二次盛况出现在清代，是艺
术的解放运动，自明代科举制度推崇馆阁帖学之后，把书法引入了卑俗僵
化的歧途，正是清代这个时候，秦汉金石不断被发现，引起不甘心放弃艺
术个性的书家关注和研习，因此隶书根植汉碑，推陈出新，获得了新的生
命力，也成就了金农、邓石如、伊秉绶、何绍基、吴昌硕等一批隶书名家。
这两次高潮都有强烈的挣破桎梏，弘扬个性，创新求变的文化特征。而清
代的隶书名家之所以成功也都是因为取法汉碑。

帖派书法积累了千年的精华，是我国书法和文化的瑰宝，它所建立的
原理和艺术规律是书法发展的基础。帖学的历史文化精神最能得到古代文
人的认同，只是由于历代皇帝的喜好，一方面促进了民间对书法的热情，
另方面又逐渐出现了让人们难以接受的现象。例如到唐代，唐太宗就只钟
爱王羲之书法，以书取士，开了干禄体先河，使书者常因习务干禄，虽然

还有点笔法，但古意尽失。也许是太过追求楷法布局导致表现刻板，毫无韵致，即使有怀素、张旭、颜真卿等一些有特点有个性的书法家，但都未能超越魏晋人的风采。到了宋代，宋太宗淳化二年出现了官府制作的宋阁帖，这种书体圆滑纯熟，点画平直，无半点生气，只剩下柔媚的躯壳令人望而生厌，一直影响到明清两朝。由于翻刻旧久，就变成了乌黑，大小如布棋子，方正先洁，离书道实在太远了，所以虽有苏东坡、黄庭坚、米芾和蔡襄这宋四家尚意大师，但又始终比不上唐人。到了清代虽然是外族统治，但当皇帝的都挺喜欢书法，他们的不同爱好对书法走向影响更大，例如圣祖康熙对董其昌书法情有独钟因而社会上习董成风。康有为在《广艺舟双楫·体变》中对董的评价很是一般："香光俊骨逸韵，有足多者，然局来如辕下驹，蹇怯如三日新妇。以之代统，仅能如晋元、宋高之偏安江左，不失旧物而已。"[34] 这一时期由查士标、王士禛、笪重光、沈荃、张照、汪士鋐等著名书法家构成了清代前期的学帖主流。至乾隆皇帝时，刻帖之风到了极点，乾隆十八年（1853），皇家收集了从魏晋到明代135位书家的340件作品及200多种题跋所刻印了32卷《三希堂法帖》问世，其规模之大，收罗之广均前所未有。同时在乾隆皇帝对赵孟頫书法大力推崇下，一时赵代董兴，天下又无不习赵书。此时的帖派书家多有宫廷化趋向，当然还是有些书家例如刘墉、王文治等人还是保持了很强个性的。在这一时期帖学家的作品中普遍会看到点画靡弱、神采匮乏的现象，原因之一正是崇尚赵、董书风的结果。尤其是清代科举考试的影响，出现了乌、方、光为特色的馆阁体，风格雷同，缺少变化，一般来说写馆阁体的多属学帖一路，这无疑为学帖带来了不好的名声，而实际上，因代代相传，滥翻不穷的刻帖已使学帖者难以窥探到原本的精华，因此学帖已出现种种危机与不足。在嘉庆道光以后，南北碑刻出土日多，士大夫的审美观也随之转移，昔日麈尾、如意已经玩腻，面对难得的残碑断简更觉一番美意，所以不难理解清代末期兴起的"碑学"比"帖学"越来越占上风。

对尊碑抑帖运动最为推波助澜的人物之一是康有为，他有尊碑贬帖的五点总结意见："今日欲尊帖学，则翻之已坏，不得不尊碑，欲学唐碑，则磨之已坏，不得不尊南北朝碑，尊之者，非以其古也，笔画完好，精神流露，易于临摹，一也；可以考隶楷之变，二也；可以考后世之源流，三也；唐言结构，宋尚意态，六朝碑各体皆备，四也；笔法舒长刻入，雄奇角出，迎接不暇，实为唐宋之所无有，五也；有是五者，不亦宜于尊乎！"[35]这场近代书法史上返古创制运动波澜迭起使书坛大为改观，使书法艺术去华归朴一扫浮华姿媚的遗风，使中华古法得以弘扬，其次是使各种书体互参，协调统一，求其变化，姿态横生，以新的审美观指导和推进书艺的发展。

　　吴子复的尊碑思想很大程度上是源自先驱阮元、包世臣、何绍基、康有为、林直勉。阮元、包世臣和康有为主要是在倡导碑学方面有贡献，何绍基、林直勉、包括吴子复就侧重在碑学实践方面卓有成就。

　　吴子复极为推崇的清代书法大家正是他在十三岁开始学隶书时接触到的《何子贞临张迁碑》的作者何绍基。可以说何绍基是清代所有隶书书法家中最有广度和深度的，而且特别有开拓精神。何绍基的隶书和吴子复的隶书都是有着深厚汉碑功底，又有个性意趣风貌的特点，但两人最大不同点在于临摹时是采用意临为主还是贴近原碑的精临为主，马宗霍曾对何绍基在隶书方面的成功做过精彩分析："蝯叟于分书博览兼姿，自得之勤，并世无偶，每临一通，至若干通，或取其神，或取其韵，或取其度，或取其势，或取其用笔，或取其行气，或取其结构分布，当其有所取，则临写时之精神，专注于某一端，故看来无一通与原碑全似者。昧者遂谓蝯叟以己法临古，不知蝯叟欲先分之以究其极，然后合之以会其归也，且必如此而后能入乎古，亦必如此之后能出乎古，能入能出，斯能立宗开派"[36]。何绍基这种方法的妙处在于把古人碑帖中的优点，按照自己的理解和需要有机地融会在书法作品之中，但是这种方法只能他自己才能做得到，因为譬如他临《张迁碑》一百遍，那就得看完他所临《张迁碑》的一百遍，才能合之以归，得其全貌全神。而吴子复也许是有感于此，他的临碑方法与何绍基有所不同，就是要一次下笔精准，写什么碑就像什么碑，这与他的美术素描的扎实功底也很有关系。

吴子复在走尊碑创法的道路上，后来也比较认同何绍基由尊碑卑帖到碑帖融合的选择。他对汉人书法的意趣，笔法、结构、研究甚深，做到统掣融会，博涉旁通，使它的隶书立意创新而不落俗套，结构严谨而豪放飘逸，终成隶书的一代宗师。

第二节　汉隶六碑学习法

2007 年 1 月 16 日，中共广州市委宣传部、广州市文化局在吴子复去世 28 年后，在广州市艺术博物院举办了"《吴子复书画集》发布仪式暨书画展"，引起了广州文坛的一时轰动。此书画集收有吴子复大量生活照和书画篆刻作品，光是属于书法内容的作品共 191 件，其中篆、楷、行草的作品有 36 件；隶书作品 155 件。隶书作品中属于他个人自书风格的和逐渐成熟为吴子复隶书的有 78 件，而以某一碑帖作为临摹对象或者集字成联的隶书作品有 77 件，其中《礼器碑》6 件，《张迁碑》5 件，《西狭颂》7 件，《石门颂》6 件，《郙阁颂》5 件，《校官碑》9 件，《曹全碑》2 件，《祀三公山碑》5 件，《鲁峻碑》1 件，《张公方碑》1 件，《武梁词画像题字》的 3 件，《华山铭碑》1 件，《泰山经石峪金刚经》3 件，《汉简隶书》3 件。从这些隶书临摹作品可以看到吴子复下笔精准、线条优美，有着神韵、风采与原碑不遑多让的效果。

由于吴子复长期自我研习和教学经验的累积，他能够在众多汉隶中选出六个有代表性的隶书碑帖，作为初学者分别在六个学习阶段的临摹对象，也即他首创的"六碑学习法"。此六碑先后次序为：《礼器碑》《张迁碑》《西狭颂》《石门颂》《郙阁颂》《校官碑》（图 25- 图 30 ）。

吴子复认为：第一阶段初学以《礼器碑》最为适宜，此碑风华俊逸，结体平正而变化多，用笔有迹可寻。学过此碑则以下十一个碑，即《尹宙碑》《史晨碑》《刘熊碑》《孔宙碑》《乙瑛碑》《张表碑》《白石神君碑》《熹

图 23 《礼器碑》

图 24 《张迁碑》

图 25 《西狭颂》

图 26 《石门颂》

图 27 《郙阁颂》

图 28 《校官碑》

平石经》《曹全碑》《华山碑》和《上尊号碑》的书法学习就迎刃而解了。
半年后第二阶段学《张迁碑》，此碑点画形式不同，以方笔为主，它可包
括《封龙山碑》《孔彪碑》《景君碑》和《灵台碑》等。又半年，第三阶
段学《西狭颂》，此碑帖的点画形式又不同《张迁碑》《礼器碑》，它可
以包括《杨伯起碑》《封龙山颂》《孔彪碑》《景君碑》《灵台碑》。又

半年，第四阶段学习《石门颂》，此碑是汉碑中的神品，点画形式形态结构基础，对于点画形式有了解，结构平正能掌握便可学了，此碑可包括《杨淮表纪》《开通褒斜道刻石》《裴岑纪功碑》《戚伯著碑》《沙南侯刻石》和《石门铭》。第五阶段学《郙阁颂》，此碑以拙朴浑穆取胜，可以包括《樊敏碑》《王雅子阙》《司徒残碑》《鲁峻碑》。大概再半年最后学《校官碑》，此碑可包括《孔谦碑》《朱龟碑》等。吴子复认为这六个碑的点画形式即古人所谓用笔，可以说是一切书法点画形式的祖宗，魏晋以后的书法无不以此分枝布叶。

　　吴子复1954年在广州开设"子复画室"教授书法绘画，1962年在广州文史夜学院义务讲授《汉魏碑刻书法课程》。他非常重视书法基础训练，认为基本功不过关便奢谈"门派"是误人子弟，因而要求进入其门下者皆严格按照六碑递进方法学习，待到化为自我风格后才算合格。他反复告诫学生取法前贤，不要临写他写的隶书，而要临摹他所临之碑。以前不易购得字帖，所以他每次上课必作临摹示范，为每人临摹两页范作保存参考，真正做到言传身教，垂范后学。以下就他临摹的六种汉碑作品来观察其汉隶功力：

　　一、临《礼器碑》轴（图29）："宣抒玄污，以注水流。法旧不烦，备而不奢，上合紫台，稽之中和，下合圣制，事得礼仪。"（纸本，

图29　吴子复临《礼器碑》轴

图 30　吴子复《张迁碑》集字联

1949 年作，115cm×26.5cm），临本写出了此碑既奇险又平正的效果，处处显示一种铁画银钩富于生命力的特点，例如第一行第三字的"玄"字，最上面的横画起笔落笔处极为明显，顿错有力而行笔一气呵成，无一丝波折犹豫痕迹；再例如第二行第六字的"紫"字，本来是上下结构，但将上部右边一竖拉下来把下部笔画包含在内形成一个内外结构的文字，使得"紫"字短笔画较多，笔与笔之间难以呼应的问题得到解决。

二、《张迁碑》集字联（图30）："万家蔽沛城中树，四野缯缠云外山。"（纸本，1972年作，113cm×26cm×2）临本一如原书碑者般技巧娴熟和理性化的书写表现，用笔方峻拙朴淳厚，例如：第一行第四个"沛"字、第二行第七个"山"字。其次是结构多变，险中求胜，例如第一行第二个"家"字的弯钩笔画并不写在横画的中间，却与几笔小撇组合看似严重偏左，但右边的啄和粗捺却能压得住，非常好看。第一行第二个"蔽"字下部的"巾"写在中轴靠右方，与上部草字头偏左借位状态做到畸正反差的效果。还有就是充满古拙天然的韵致，例如第二行第二个"野"字，下面一个大大的"土"

字真像大片田野承载着大自然赋予的丰富物质，有意无意中展示了一种磅礴的气息。

三、《西狭颂》集句轴（图31）："民歌德惠，柔嘉惟则。瑞降丰稔，年谷屡登"（纸本，1963年作，136cm×34.5cm）。此碑显示隶书在东汉已发展到完全成熟的阶段，基本上保持了书写风格和用笔特点，在文字结构中虽还带有篆书的笔意，但却是自然流露并不刻意，表现宽博遒古，方正雄伟，疏散俊逸，静穆深厚。临本基本能体现这些特征，例如第一行最后一个"瑞"字，带有篆意又不失为标准隶书的写法。

四、《石门颂》集字联（图32）："焕文章垂后世，炳灵德弥亿年。"（纸本，1962年作，79cm×22cm×2）此碑把宽广灵秀和雄伟集于一身，高超的艺术性不容置疑，结体无拘无束，疏密一任大小，安置自然舒畅放纵，妙趣横生。此碑凡是宝盖头部分通常很大，而且两边下垂形成一个包围，中间的笔画都写得较为集中，宽松得当，疏密有致。例如临本中第二行第二个"灵"字就表现得非常恰当。

五、《郙阁颂》集字联（图33）："渊深求海月，地燥临山风。"（纸本，1972年作，104cm×23cm×2）此碑古朴自然，体法茂盛。按清代书法家万经评论就是："不求讨好之致自在行间。"这是对此碑书法精神的

图31　吴子复《西狭颂》集句轴

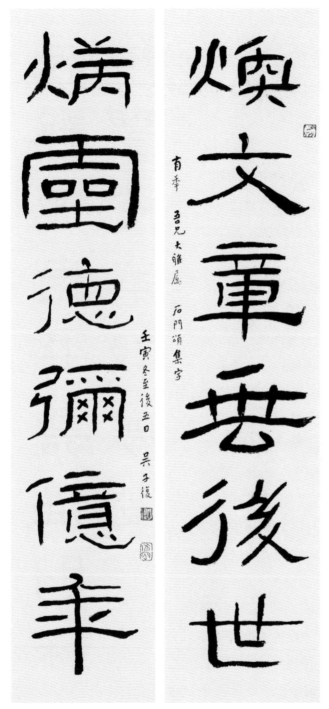

图32　吴子复《石门颂》集字联

图 33　吴子复《郙阁颂》集字联　　图 34　吴子复《校官碑》集字联

最好评价。临本深得原碑用笔"粗钝"，富有天趣的风采。

六、《校官碑》集字联（图 34）："野兴且教从众乐，高年初不用童扶。"（纸本，1973 年作，130cm×22cm×2）此碑历来为金石家所推崇，因其书法结构篆隶结合比较明显，用笔软硬兼施，轻重并举，在汉碑中别具一格，雄踞一方。摹件深得原碑方正古厚的精髓。

吴子复隶书中的古韵正是融合了多种汉碑精髓的结晶品，以书风平和秀雅为貌，以冲淡古风为神，波澜不惊，平铺直叙，反映出他以出世之笔写入世之字的定力，在兼收并蓄中逐渐形成了自己的独特风格。吴子复晚年由于喜欢研究《好大王碑》《瘗鹤铭》这类粗重均匀的碑帖而书风有变，例如他作于 1977 年的辛弃疾《水龙吟·登建康赏心亭》词轴（图 35），字体已经变得粗细对比不那么明显，收笔以不出锋居多，连重要的捺画都不追求锐利，已具有孙过庭所讲的"人书俱老"的味道。

在与吴子复同一时期，我国也有一批深得汉碑精髓并逐渐生成个人风格的隶书名家。

例如：来楚生（1903—1975）较早用心于汉简书法并卓有成效，简意隶书最有特色。孙奇峰（1920— ）的隶书沉厚劲健，晚年做擘窠大字非常老辣。曹立庵（1921— ）的隶书稳健峻美，圆润厚实，端庄丰富，风格独特。冯建吴（1910—1989）的书法以隶书为基调，横向取势为常态，用行草笔法而一波三折，取方折之势而圆转流畅，篆隶草糅合其中，似隶非隶，似草非草。葛介屏（1912—1999）的隶书创造出一种结构严谨，上部略紧，下部左右舒展，中部内敛，点画波折明显，横画上挑，捺脚夸张的追求金石味而别具一格的隶书范式。陆维钊（1899—1980）的隶书用篆法创造出扁体字形，气清骨朗，格调高雅。这些隶书名家在当时知名度都非常高，但他们的书法造诣大都止于个人，没有形成像吴子复在广东那样的广泛影响。

当然，与汉碑传统书风迥异，而且在全国范围内有所影响的隶书写法也是有的。我国自古因南北地域不同，气候不同，生活方式不同而令到书法绘画都有很大差异。就书法而言，南方通常稳健端庄圆浑含蓄，北方则遒劲朴茂顿挫雄浑。相比吴子复隶书古意盎然、平和秀雅的南方书风，北方中原现在很多书家都选择不同风格，他们比较着重楷、行、草而轻隶书，比较喜欢追求豪放粗犷、飞动遒劲，而对隶书常常反碑帖地率性而为。

特别是在 20 世纪 80 年代末，河南书坛发生了一场"中原书风"运动，

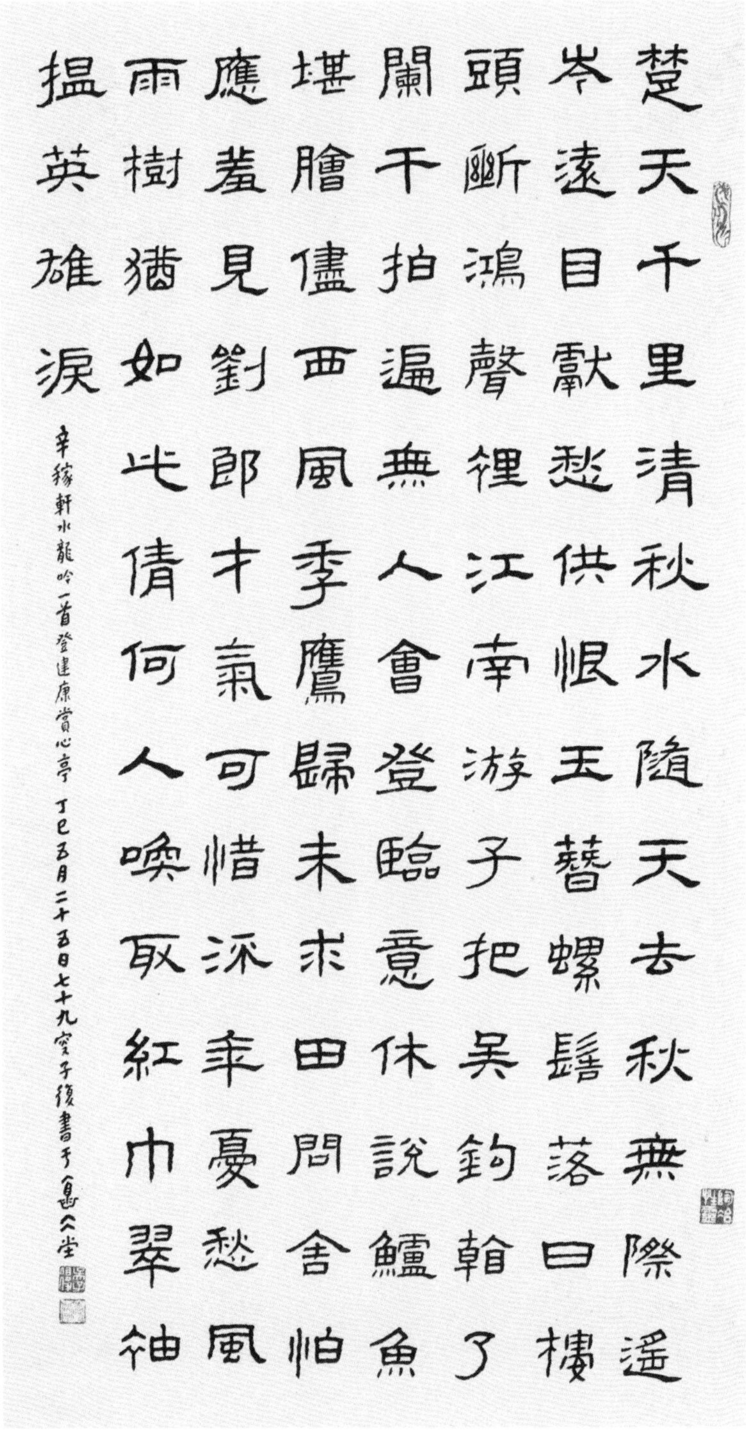

楚天千里清秋，水随天去秋无际。遥岑远目，献愁供恨，玉簪螺髻。落日楼头，断鸿声里，江南游子。把吴钩看了，栏干拍遍，无人会，登临意。休说鲈鱼堪脍，尽西风、季鹰归未？求田问舍，怕应羞见，刘郎才气。可惜流年，忧愁风雨，树犹如此。倩何人唤取，红巾翠袖，揾英雄泪。

辛稼轩水龙吟一首登建康赏心亭　丁巳五月二十五日七十九岁子复书于□□堂

图 35
吴子复辛弃疾
《水龙吟·登
建康赏心亭》
词轴

当时河南书协提出了书法新古典主义，说是基于传统也基于时代，但强调个性，认为传统书法虽好但已走向金字塔塔尖了，没有发挥空间，所以推崇一种有意避开"宗晋法王"的传统路径，以免让师承关系阻碍书家的独立理念，并借河南书法家"墨海弄潮书法展"在 1987 年到北京展出的机会，让这种以追求展厅效果为主的尚意书法催生出了这股强劲的现代"中原书风"。这种"中原书风"虽然给书坛带来好一阵冲击，但并不能形成席卷全国之势，北京、浙江、江苏等书法重地并没有受到太大影响，依然以传统为依归。

【第四章】吴子复隶书的风貌特点和线条美

第一节　吴子复隶书的风貌特点

　　吴子复的隶书早在 20 世纪 50 年代就已形成了一种以传统汉碑为根基而又沁入浓厚个人风格的书法艺术。这种隶书在社会上影响极大，备受书法爱好者热捧追随，研习者不下数千人。朱万章在《岭南书法》中指出："吴子复的书体临习之人极多，人们称之为'吴体'。在其从习者中，比较有名的张奔云、关晓峰、何作朋、欧初、李伟、李家培、陈作梁、林少明、陈景舒等，形成了当代岭南书坛的一个书法群体。"[37]

　　吴子复隶书无论在哪里出现，人们都较容易认出："啊，这是吴体。""这个人写的是吴体"。在群众眼中吴子复隶书不外乎就是：似汉碑又唔知是乜野碑（广东话意为：看似汉碑但又说不出是那个碑）；上盖似门框或如戴顶大顶帽；竖画似树枝；左撇右捺出锋劲道十足；高矮肥瘦放任自流绝不格式化等等。为了印证群众这些看法，我们以吴子复作于 1966 年的毛泽东《满江红·和郭沫若同志》轴（120cm×45cm）（图 36）来观察和分析吴子复隶书所展现的特征和风采，其特征有以下六点：

　　第一，吴子复隶书来自汉碑是一个公认的事实。吴子复的得意弟子区大为说："试看子复先生的作品，他的确是这方面的模范。从字形上看，也不能明确地指出其手笔是出自何碑。是《张迁碑》吗？不，他早已跳出《张迁碑》的窠臼；《礼器碑》吗？《礼器碑》却又没有他的雄壮的气魄，这正是集各家所长的体会，今日中国书界称之为'吴体'，这是最贴切的名字了。"[38]此书轴的字看似浑然一体，实际上却分别源自多个汉碑，例如：

　　源自《礼器碑》的有十个字，其中第二行第十二个"国"字；第三行第八个"下"字、第九个"长"字、第十五个"少"字和第十七个"从"字；第四行第七个"阴"字、第十六个"朝"字；第五行第六个"水"字、第十五个"雷"字和第十七个"除"字。

源自《张迁碑》的有三个字，其中第三行第三个"正"字、第四个"西"字和第十四个"多"字。

源自《西狭颂》的有四个字，其中第二行第八个"缘"字、第十一个"大"字，第四行第三个"天"字；第五行第八个"五"字；第三行第五个"风"字。

源自《石门颂》的有两个字，其中第四行第六个"光"字；第五行第三个"海"字。

源自《史晨碑》第四行第一个"来"字。

源自《曹全碑》的有两个字，其中第四行第五个"转"字；第五行第十五个"要"字。

源自《乙瑛碑》的有一个字，即第三行第二个"易"字。

源自《夏承碑》的一个字，即第五行第一个"四"字。

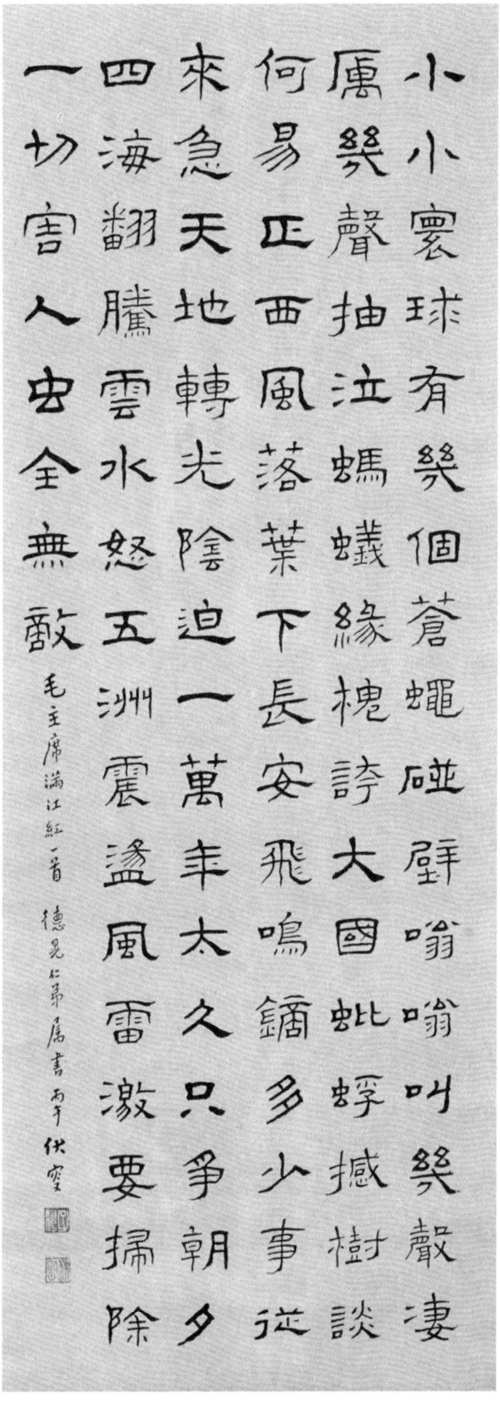

图 36　吴子复毛泽东《满江红·和郭沫若同志》轴

源自《杨震碑》的一个字，即第一行第九个"蝇"字。

仅仅一个书轴，正文才九十多字，而直接源自多个汉碑的字形字貌就有二十几个，加上相似的则更多，比例如此之高果然是不看不知道，一看吓一跳。可见吴子复写吴子复隶书得以灵活运用各种汉碑字形字貌而不着痕迹，确实是功力深厚，镕铸古人。这就是"明知是汉碑又不知是什么碑的秘密"。（图 37）

第二，吴子复隶书喜欢用粗细对比强烈的线条来增加感染力。它一反汉碑大都笔画粗细均匀，字与字之间形体变化不大的常态而特别强调字的外围轮廓的清晰明朗，遇到字形由上盖下的，上盖的笔画大都写得粗

（图 37—1）

字头	国	下	长	少	从	阴
位置	第 2 行 第 10 字 《礼器碑》	第 3 行 第 8 字 《礼器碑》	第 3 行 第 9 字 《礼器碑》	第 3 行 第 15 字 《礼器碑》	第 3 行 第 17 字 《礼器碑》	第 4 行 第 7 字 《礼器碑》
吴隶						
碑字				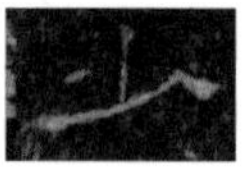		

（图 37—2）

字头	朝	水	雷	除	正	西
位置	第 4 行 第 16 字 《礼器碑》	第 5 行 第 6 字 《礼器碑》	第 5 行 第 15 字 《礼器碑》	第 5 行 第 17 字 《礼器碑》	第 3 行 第 3 字 《张迁碑》	第 3 行 第 4 字 《张迁碑》
吴隶						
碑字						

（图 37—3）

字头	多	缘	大	天	五	光
位置	第 3 行 第 14 字 《张迁碑》	第 2 行 第 8 字 《西狭颂》	第 2 行 第 11 字 《西狭颂》	第 4 行 第 3 字 《西狭颂》	第 5 行 第 8 字 《西狭颂》	第 4 行 第 6 字 《石门颂》
吴隶						
碑字						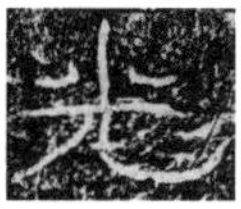

（图 37—4）

字头	海	风	来	转	要	厉
位置	第 5 行 第 3 字 《石门颂》	第 3 行 第 5 字 《西狭颂》	第 4 行 第 1 字 《史晨碑》	第 4 行 第 5 字 《曹全碑》	第 5 行 第 1 字 《曹全碑》	第 2 行 第 1 字 《尹宙碑》
吴隶						
碑字						

（图 37—5）

字头	易	四	蝇
位置	第 3 行 第 2 字 《乙瑛碑》	第 5 行 第 1 字 《夏承碑》	第 1 行 第 9 字 《杨震碑》
吴隶			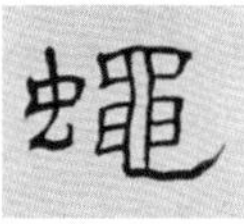
碑字			

重犹如带着一个大帽子，例如第三行第五个"风"字，上盖厚重状如门框，而框内结构却轻描淡写真的宛如清风（图38）。遇到字形由底承托上部时，下盘粗重稳如泰山，上部却清波荡漾，例如第五行第十一个"荡"字（图39）。凡此种种都会给人眼前一亮的感觉。

图38　上盖笔画粗重字例

　　第三，竖画似树枝。吴子复著名的树枝论就是要求在纸的平面写一条线要像向空间伸展的一根树枝，这是广州学书者众人皆知的秘密。在刚才举例书轴中大家不难发现许多字的竖画线条会像一根突起的树枝或像一根由枯藤制作的拐杖的样子，例如书轴中的"小""下""来""少""年""水"等字中间的竖画，以及"球"字右偏旁的"求"，"除"字左偏旁的"阝"等

图39　"荡"字例

偏旁的中间竖画大都如此。作为书法艺术，因为线条流动的方向性和不可重复性能够一笔形成树枝样的形状确属不易。

　　第四，左撇右捺劲道十足。传统隶书的左撇讲究撇尽时回锋包裹不出锋使之更有古意，但早期吴子复隶书作撇时喜在撇笔尽时把锋平出或轻驻而收，感觉比较轻盈，例如第一行第五个"有"、第十一个"碰"字，第四行第六个"光"字等等。传统隶书的主要平画、捺画之雁尾收笔向右挑出时，收笔动作下压稍慢而使底部呈弧形，而吴子复隶书往往在雁尾最阔处即往右收笔挑出，形成雁尾出锋的底部起角，状如砍刀，例如第一行第八个"苍"字，第二行第十一个"大"字，因有左撇右捺劲道十足，犹如长枪大戟之说。

图 40　笔迹粗细节拍感示意图注："—"为平韵，"丨"为仄韵，"+"为可平可仄韵

第五，高矮肥瘦听任自然绝不格式化。吴子复隶书对字的自然结体持开放态度，该高就高，该瘦就瘦，绝不故意压缩一个高体字或拉阔一个瘦形字来迁就横平竖直的格式。吴子复将此举看作一个原则而绝不妥协，书轴中此类例子甚多。

第六，吴子复隶书表现有很强的韵律感。还是以《毛泽东满江红词轴》隶书为例，通篇布局均匀没什么特别，妙就妙在虽然此书轴一字之中线条粗细混合使用已属常态，但字与字之间厚实与轻盈的搭配若加以仔细观察则似乎很有规律：但凡厚重字形的都是仄音所在的位置（字的笔画多者除外），体现了一种语言音乐节拍性的形成状况，使读者有可以把朗读和观赏的节拍同步进行的可能，非常有韵律感。（图40）

从以上对吴子复隶书特征和风采的分析说明，吴子复隶书成功因素之一在于吴子复对各种汉碑了然于胸，他不是光靠搬碑摹字就能得来，因为临摹始终只能解决形似，而一手好字的骄傲只在于神采奕奕神乎其神。在中国传统书法中以姓氏或冠以书体或风格者必有其独特风格和艺术理念，必然是开宗主派的标杆人物，并在当世或后世都有广泛影响，例如"二王""颜体"、"柳体"和"宋四家"等等。能被称为"吴子复隶书"的确是吴子复个人在广东构建教学理念并付诸实践最为影响深远所至。

第二节　吴子复隶书的线条美

书法艺术是一种借线条形体结构表现人的品格、情操的艺术，吴子复的书法作品也正是他本人审美观、品格、情操和个性的集中表现。他线条的妙用正是凭着单纯化的线尽量简单地表现感情的纯真。他在《篆刻艺术》有段话比较能代表他对线条的理解和要求："书法和篆刻所用以构成形式者，不外是线条。线条必须有量感。所谓量感，就是在平面上画一条线而使人觉得仿佛是一条树枝向空间突起。而古印有不少剥蚀处，必须从剥蚀处寻韵味，不必想象它当年的完整之状。"[39]由此可以体会到吴子复关于书法线条美有两个重要论述：第一，线条必须有量感，核心就是这条线够圆。第二，可以借助古印、古碑展示的剥蚀现象，让线条获得更多的野拙意趣。

一、线条"圆"即为美

吴子复在其《汉魏碑刻之书法研究》中关于线的量感说道："线是画面的一个主人，线也是书法的一个主人，直接受心灵指挥，若能控制如意，便可卓然成家。"[40]"细察大家之作，点时笔锋不仅下压便算了事，仍须有过，抑即小作旋转成一小的圈线，而同时笔锋下压亦未间断。于是下压的面参合在旋转的线中，乃有一点，换言之由于时空相互作用，画家或书家才能够完成一点，反之，作线也不仅是过，须在过时兼施压力，起止两端亦有回旋，必如此点或线始于'长'、'广'之外更能厚了……。《临池要诀》曰：'永字当侧笔'，就左为之，先左揭其腕，次轻蹲其锋，不险则体势钝，钝则芒角隐而神格灭'。《禁经》曰：'点如利钻镂空'。右军曰：'作点之法皆须落如大石当衢'，只是一点之微古人就有如许的研究，长、广之外更能厚，这厚实亦即所谓圆。笪从光《书筏》说：'古今书家同一圆秀，然惟中锋劲而直，齐而润然后圆，圆斯秀矣。'此圆字用现代汉语说即所谓立体感也。一画一点在纸面上原本是占去若干广、长的平面面积，但画家与书家的用笔要求还要使人感觉到圆厚，一画仿佛一枝树枝，一点仿佛一粒石子。笔锋既刻刻转动，横有前后左右，纵有高下轻重，故作点之法初无异于作线之法，只不过作点时笔锋所走的曲线比较少。固然，我们也时常看见笔触纸面，一压即了，毫不转移或拖而过纸，殊不下压，起止亦无回旋者，但都成轻薄体，不足以言画亦不足以言书了。"[41]

吴子复弟子区大为在回忆文章《野意春风》说："先生还说过，'书法和篆刻所用以构成者，不外是线条。线条必须要量感。所谓量感就是在平面上画一条线使人觉得仿佛是一条树枝向空间突起。'这就是吴先生著名的'树枝论'。平日论书则将此番说话简化成一个'圆'字，对有量感的线条会说：'这条线圆'！相反称之为扁，说的时候还会皱着眉头。"[42]
其实，吴子复所说的量感并不只是形状方面立体感的量，而是物体放在掌
心上有种下坠感的量。

宋代蔡邕在《九势》中说："凡落笔结字，上皆覆下，下以承上，使
其形势递相映带，无使势背。转笔，宜左右回顾，无使节目孤露。藏锋，
点画出入之迹，欲左先右，至回左亦尔。藏头，圆笔属纸，令点画常在笔
画中行。护尾，点画势尽，力收之。疾势，出于啄磔之中，又在竖笔紧趯
之内。掠笔，在于趱锋峻趯之。涩势，在于紧駃战行之法。横鳞，竖勒之规。
此名九势，得之虽无师授，亦能妙合古人，须翰墨功多，即造妙境耳。"[43]

吴子复所讲如何把线条写成有立体感的用笔方法是与蔡邕说的几个势
是相通的：第一是"转笔"，转笔时略要顾及力量平衡协调才会避免线条
外廓线节目孤露的问题发生。第二是"藏锋"，这就是通常讲的欲上先下，
欲右先左的道理。第三是"藏头"，这就是强调中锋用笔。第四是"护尾"，
意即笔画结束时不能势尽意尽，而要有一个回锋即"力收之"的过程。

蔡邕《九势》是研究笔法的力作，里面经常讲到力的关系，通过线条
体现力度的美感，按照这些用笔方法得到的线条就较容易形成立体效果。
吴子复推崇的著名书家何绍基在其《题冯鲁川小像册论诗》中写道："昔
人论书曰：折钗股何如屋漏痕？屋漏痕者，以喻其无起止处也，作诗亦如
此，随处即起，随处可止，东坡所谓'行乎其不得不行，止乎其不得不止'
者。"[44] 又如他在《与汪菊士论诗》中写道："气何以圆？用笔如铸元精，
耿耿贯当中，直起直落可也，旁起旁落可也，千回百转可也，一戛即止可也，
气贯当中则圆，如写字用中锋然，一笔到底，四面都有，安得不厚，安得
不韵、安得不雄厚，安得不淡远？"[45]

除了懂得用笔，还得讲究篆分遗意。篆分遗意是指篆书、分书字体所
体现出的精神和趣味。篆书的样子容易明白，而分书则通常指早于唐代楷
书出现以前的隶书，也是当时的正书或称真书（唐以后把楷书列为正书），
或因隶书略呈扁形，宽阔比例因不同人有不同习惯，长和宽大致可以 10:8

左右，所以又被人称作八分书。

　　包世臣《艺舟双楫·答熙载九问》有一则对话可以让我们加深对古人篆分遗意的理解："（刘熙载）问，'自来论真书以不失篆分遗意为上，前人实实以笔画近似者而先生驳之，信矣，究竟篆分遗意寓于真书从何处见'？（包世臣）答，'篆书之圆劲满足，以锋直行于画中也。分书之骏发满足，以平毫铺于纸上也。真书能敛墨入毫使锋不侧者，篆意也，能以锋摄墨使毫不裹者，分意也'。"[46]包世臣认为篆分遗意的关键并不体现在外在的形状是否与篆、分字体近似，而是体现在笔意、笔法上。他在《艺舟双楫·跋荣郡王临快雪内景二帖》中说："古人论真、行书，率以不失篆分意为上，后人求说而不得，至以有点斜拂形似者当之，是古碑断坏，汇帖障目，笔法不传久矣。……大凡六朝相传笔法，起处无尖锋，亦无驻痕；收处无缺锋亦无挫锋，此所谓不失篆分遗意也。"[47]简而言之，"篆分遗意"就是中锋行笔，并有起笔和收笔的动作。

　　由于吴子复隶书格外注重篆分遗意，因此笔画的立体感特别强。例如横画，一般书法家只讲求整齐划一，能够注意以白当黑分布均匀已属不易，而在吴子复隶书中的横画，无论粗细都笔笔送到，都有收笔的轻微动作，完全做到起处无尖锋亦无驻痕，收处无缺锋亦无挫锋的篆分遗意的要求。另外但凡迭在一起的横画，每画姿态都会不同，在字的每个重要横画会显得上下边缘粗细有致但很平滑，雁尾出锋也很自然，犹如天边阵云般排列得似平又不平的样子，饶有生气。（图41）

　　又例如竖画，一般书法家通常不是一拓直下就是顺势而下作垂露收笔，但吴子复隶书通常在写一个字的竖画或者主要偏旁中的竖画时，不会简单一拓直下，而是在欲下先上藏锋作好准备后，下笔方向从左靠右侧略作顿挫，由粗到细顺势而下，以产生像枯藤所造拐杖的侧影的样子，生动雅致。（图42）

　　还有就是"走之底"的捺画，一般在起笔转角完成后，只是由窄处下压变阔但使斜捺的上下两侧边缘简单保持平直至雁尾处出锋完成，而吴子

图 41 似平又不平的横画字例

图 42 枯藤般竖画的字例

图 43 往下涌动的走之底捺画字例

复隶书在作走之底斜捺时，起笔后以中锋徐徐向右下方边按边转动笔锋，使笔迹由细变粗，上下边缘均有起伏的侧影但却依然平滑，到尽头才慢慢收笔出锋，让人有一种在电影画面上看到火山爆发后，熔岩从山上顺着不规则的山势越积越厚缓慢蠕动着向山下推进的感觉，线虽尽而意无穷也！（图43）。吴子复就是这样，凭着抽象而带有魅力的线条变化得到出人意表的字形结构和巧妙的布白安排，写出了与众不同的"吴子复隶书"。

二、崩破线条的"野""拙"意趣

吴子复是崇尚西方"野兽派"的油画家。野兽派那种在雅拙、率野、奔放中体验均衡、纯粹、宁静的意境和意趣，自然会迁移到他的书法上来。关于"野兽主义运动"，在由吴子复翻译的日本作家外山卯三郎所著《世界现代绘画概况》是这样评论的："这派的作家们，都是以单纯的线条和构图构成作品，那色彩特别地成了显著的夺目的强烈的东西。"[48]"这画派的最可注目的事情，第一，绘画应该有一种作成作品的全体的统一。第二，因为绘画具有与自然界不同的'二次面'，所以不能不取特殊的法则，这就是对自然的写实而言，从这里呈现出来的绘画问题，是画面的'构成'，物的'变形''单纯化'。若这样看来，则野兽派画家的主要特色是对于单纯性的热情，又以最小限的手段获得最大的表现底效果。所谓绘画者，并不是把自己忠实地模仿再现的东西，是以纯粹底美的感觉借着线条和色彩而构成画面的。马蒂斯极度地表现单纯底小孩一般底画，这是自己的思想回复于孩童，单纯地又直接地表现绘画的真实。"[49]换言之，"野兽派"就是注重单纯线条美感的这样一群画家。

　　吴子复有个书斋名为"野意楼"，表示他不希望自己的艺术观点只约束在传统"文质彬彬"的中庸之道里面，还表示他自己的创作实践既能热衷于中华民族应有的不侈文饰的"质"，又能接上自己所钟情的西洋艺风东渐的"野"，彼此共冶一炉以实现自己独特的审美追求。吴子复还刻有一枚"野意楼"印章，边款有"质胜文则野辛亥闰五日重刻伏叟"等字。（图44）"质胜文则野"取自《论语》，是对时尚的"文胜质则史"的"史"的。

　　黄小庚在《我搔我痒的吴子复》中说"在我和吴先生的交往中，听到他谈论西画的时候很多，不过大都从议论写字开头，有次他说得很认真：'有人说我写的隶书也是"野兽派"，怕不全出于对我"野意楼"的误解，其实，野兽派，包括前期、后期印象派，他们很会"中为洋用"，他们画画，把中国和东方艺术，也可能包括篆刻和书法艺术，尽情吸

图44　"野意楼"刻章

收享用，难道我就不能反其道"洋为中用"吗？'因此他亦把所谓"野兽派"造型的勾线、擦笔等美学趣味融会于隶书之中。吴子复隶书线条的创新性正是从斑驳残缺中悟出翰墨纸本中那种如镌如铸的金石味道，使其书迹笔画更富于意蕴力度和沧桑感觉，这是与'野兽派'注重单纯线条美感的审美取向是一致的。"野"也可以视为吴子复隶书的根本特性之一。"[50]

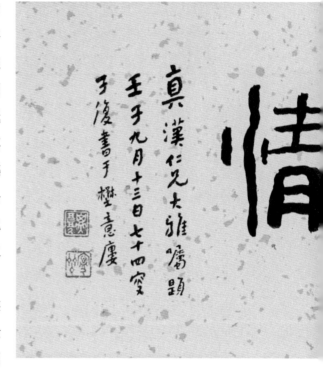

吴子复主张返璞归真，回归人类纯真的天性，因此他不仅把他树枝论这种西洋画立体空间感念引入中国书法用笔外，同时还把碑学里的崩破线条作为领悟《老子》书中大巧若拙的中国传统审美观念加以推广。他还养成了一个艺术癖好：探求石味，喜欢从碑刻的剥落处、残缺处、人工痕迹淹没处寻找艺术的真味。他特别强调："……必须从剥蚀处寻韵味，不必想象它当年的完整之状。"[51] 在他看来，今日所见之汉碑已不是当年的汉碑，千年的风霜是生命的过程，艺术当脱胎成形后就有了生命，生命的过程所形成的文化积淀不仅造就出形体，也影响了内部的质，后人不可忽略生命的过程而再去死抠当初的原貌。书法线条崩破现象，正是东方人崇尚自然、欣赏自然的一种残缺美的审美观。这种崩破线条在作品中的再现也特别容易让人联想到千年碑刻正在经历或者面临风霜吹袭依然屹立不倒的刚毅样子，因而产生对这些线条的崇敬心情和愉悦感觉。

吴子复晚年隶书作品中经常出现这种崩破残缺的线条。例如他作于1972 年的横幅"树石移情"（32cm×90cm）（图 45），这四字中展现崩

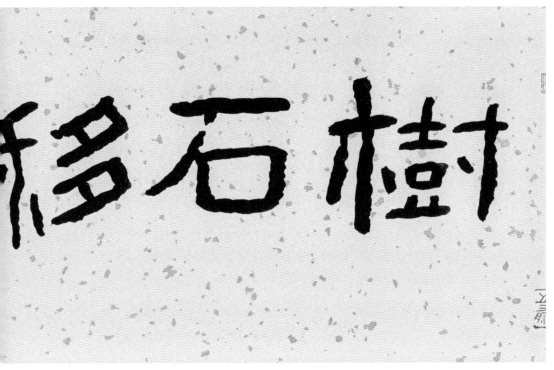

图 45　吴子复《树石移情》横幅

破线条甚多，恰与"树石移情"表达的意境有相得益彰的作用。

　　吴子复喜欢崩破线条的美学韵味，有其历史渊源。崩破线条的"古意"如何？唐宋以来，各朝代均以师法"二王"为正宗，清代金石学兴起，篆隶成了振兴清代书法的起点，审美取向增加了篆隶古意。康有为在《广艺舟双楫·本汉》中说："自唐以后，尊二王者至矣。然二王之不可及，非徒其笔法之雄奇也，盖所取资皆汉魏间瑰奇伟丽之书，故体质古朴，意态奇变，后人取法二王仅成院体，虽欲稍变，其与几何，岂能复追踪古人哉？智过其师，始可传授。今欲抗旌晋宋，树垒魏齐，其道何由？必自本原于汉也。汉隶之始皆近于篆，所谓八分也。"[52]篆分古意成了二王古意的源头，由此碑学家提出了"师师之所师"的观念，意即要学师傅拿来作为榜样的东西，在篆隶成了古法的本源之后，二王书法自然就成为了继承古法衣钵者，所以把北方汉碑古法加以认定也是理所当然的。碑学家借此将北碑与二王并列俱成古法；从而使碑学以篆隶古法为本原，构建了自己茂密雄强的审美体系，但碑学的笔法原则和系统与传统中锋用笔的做法是基本一致的，只是在"用逆""涩笔"和"中实"三个方面有所区别。

"用逆"，其实无论是藏锋、中锋和用逆都是互为依托的，用逆方能藏锋，藏锋方能中锋，这样才能不露锋芒而避免浮滑，以致精神贯注而得雄茂之气。在楷、行、草中的字法亦然，能中锋自然能藏锋。如锥画沙，如印印泥，但在笔锋收结处出锋的时候字出锋，笔亦出锋，这时笔虽出锋也是笔锋之锋，与碑派书法即使是出锋也比较含蓄不能等同，逆笔者把笔尖向里而全势皆逆，这样做就不会有笔画浮滑的感觉了，因此要笔锋无处不在就必须用逆字诀。这里先解决了一个依古法逆锋行笔的问题。

"涩笔"，在碑学理论中，疾与涩往往是相对的，疾容易造成浮滑之病，所以特别重视涩笔，涩笔是有着强烈审美感官的，与帖系的轻滑迥然不同，碑派对涩笔的重视就是为了不落俗套。那么如何得涩呢？刘熙载在《艺概》说："用笔者皆习闻涩之说，然每不知如何得涩。惟笔方欲行，如有物以拒之，竭力而与之争，斯不期涩而自涩矣。与阻力争而行之，笔虽涩而极雄厚，且得古法之自然沉着。"[53] 这种涩笔在碑学家眼中是帖学所无而只是集中体现在北碑之中。包世臣在《艺舟双楫》说："北朝人书，落笔峻而结体庄和，行墨涩而取势排宕。万毫齐力故能峻，五指齐力，故能涩。"[54] 五指齐力是要与物相争而得涩，此时往往铺毫。笔画厚重而古茂，与北碑相合，涩行不是一种重压，而是以反复的弹跳来保持持续的阻力。涩笔实际上是针对表现效果而言的，与前面的用逆有着相辅相成的关系。

"中实"，也即线条中段的丰满结实，针对帖学尤其是唐楷的弊病，清代碑学家提出"万毫齐力"和"中实之妙"的观点，因为唐楷两端厚重而中截空怯，与篆隶古法相去甚远，若想要中实之妙，笔锋要始终俱实，笔毫要上下左右齐平，只要中锋铺毫自然能够中不空怯，从而获得古茂雄强的效果。但铺毫易散锋，所以又要用裹笔作势，裹笔就是借他画以作此画之势，借他字以成此字之本，再加以用墨秾纤相间就可尽得涩之妙矣。

以上所说"用逆""涩笔"和"裹笔"的做法，是清代碑学家构建的有别于帖学家的更高审美要求和用笔原则，而这恰恰是吴子复的追求和表现。关于汉碑崩破线条残缺美的用笔方法，我们可以想象上述横幅"树石移情"四字的多个竖画甚至斜画，吴子复先是逆锋起笔后继续逆笔（笔锋在前，笔杆在后）铺毫而藏锋，藏锋方能中锋，这样才能不露锋芒而避免浮滑，以致精神贯注而得雄茂之气，使中段不会空虚，即"中实"，同时反复下按产生弹跳来保持涩的持续阻力，使笔在执中而行的同时，线条两边或单边产生锯齿形崩破的笔迹，让线条在纸面呈现立体的视觉效果，这种三维效果使书法拓展了二维平面的第三维空间，表现出一种浮雕感，起到了追求千年风霜洗礼之后汉碑崩破线条的拙的审美效果。

吴子复"以笔师刀"的线条技法，就是在临写过程追求刀砍斧劈的艺术效果和追求风骨棱棱之美。当然这在有经验的书法家来说还可做到，可是对初学者来说，用软毫毛笔表现方棱如镌刻的效果就不那么容易了。面对用宣纸墨迹在古碑上椎拓出的满是斑驳痕迹、线条崩破不齐的拓片，艺术家历来都有两种绝然不同的态度，像吴子复那样追求展现千年风霜碑帖状态美的，近当代艺术家还有曾熙、张大千、何绍基等，他们临写的《瘗鹤铭》和汉碑隶书都颇有久经沧桑的感觉，金石味颇浓。而另一种态度却是强调"透过刀锋看笔锋"，即从斑驳字迹线条想象还原出当年刻石线条平滑的用笔痕迹。这些艺术家有章太炎、启功等人。

章太炎在《论碑版法帖》中说："秦、汉石刻，至今二千岁，唐碑至今亦千余岁，其间风雨所蚀，椎拓所铅，至于刻浅字粗者，十有七八，则用笔之妙不可尽见也。"[55]"然则规摹碑版，非倜傥有识之士心知其意者，则视法帖为尤难，必以浅深辩坚铅，以丹墨校肥瘦，以横卓通运用。然后可与昔人竞力耳。"[56]"后之习者，笔益蹇劣，至乃横写泐痕，增之字内：一画分为数起，一磔殊为数段，犹复上诬秦相，上诋右军，则终为事法帖者所诮矣。"[57]章太炎指出古代石刻剥蚀，精妙的笔法已不可见，只能够通过石刻痕迹悟出运笔之法，否则机械地描摹石刻的拓片只会走上不正确的道路。

启功在《论书绝句》第三十二首云："题记龙门字势雄，就中尤属始平公。学书别有观碑法，透过刀锋看笔锋。"[58]另有诗的注解："观者目中，如能泯其锋棱，不为刀痕所眩，则阳刻可作白纸墨书观，而阴刻可作黑纸粉书观也。此说也犹有未尽，人苟未尝目验六朝墨迹，但令其看方圆，依然不能领略其使转之故。譬如禅家修白骨观，谓存想人身，血肉都尽，惟余白骨。必其人曾见骷髅，始克成想。如人未曾一见六朝墨迹，非但不能作透过一层观，且将不信字上有刀痕也。"[59]还有《论书绝句》第九十七首也挺有意思："少谈汉魏怕徒劳，简椟摩挲未几遭。岂独甘卑爱唐宋，半生师笔不师刀。"[60]启功的意思是要学汉魏碑法，必须透过刀锋看笔锋，要真正看过六朝墨迹才可不为刀痕所眩，领略使转之故，而他自己半生研究汉魏碑帖、简牍和唐宋书法，都只是重视笔法的来龙去脉，而不重视模仿碑帖的刀痕效果。

值得注意的是章太炎、启功二人首先是著名史学家，然后才是书法家。也许史学家习惯于追踪事物的本源吧！

其实，面对千年古碑拓下来的崩破墨迹，是采用追求个中韵味还是喜欢透过刀锋看笔锋来回想当年样子，两种做法都没有对错之分，也没有高下之分，都同样是有价值的审美行为。书法的点画线条之所以引起我们的美感，主要因素是感觉本身，即内心活动，内心的自我活动不是对事物的摹仿，审美享受是具体化的自我享受，书法上点画线条的涵意存在于对我们展示的生活意义之中。

同一种被观照的物质在不同人身上的反应是不一样的，如果从人的本质来探讨美的本质，美就是只属于人的一种价值。鲁迅在他的杂文里说过一位京城土豪买周鼎的事，这位附庸风雅的人士买了一只斑驳淋漓的周鼎，可没几天，他却请人把周鼎上的铜绿擦得一干二净再放回客厅，他的无知引起了别人的耻笑，但鲁迅却得到了启示，觉得这才是近乎真相的周鼎，因为周朝的鼎就如今天的碗，只是一种餐具，是要经常洗擦的，所以鼎在当时肯定是铮光发亮的，它之所以变成丑陋古董是历史变迁所造成的。用这个眼光去衡量古代美术品就会看到它审美价值的变化，因此鲁迅说，像如希腊雕刻罢，我总以为它现在之见得'只一味淳朴'者，原因之一，是曾埋土中，或久经风雨，失去了锋棱和光泽的缘故，雕造的当时，一定是崭新雪白而且发闪的，所以我们现在所见的希腊之美，其实并不准是当时希腊人之所谓美，我们应悬想它是一件新东西。由此可以说明对古物的两种态度和对崩破线条的两种态度，其含意是完全一样的。这种审美差异也许只是艺术态度或历史态度不同所造成的。

为什么崩破的书法线条会在人们眼中获得美的感觉呢？通常"美"是事物的常态，"丑"是事物的变态，"美"是使人发生快感的，"丑"是使人发生不快的，通常说"自然美"与"自然丑"，大半都是这个意思，书法线条中大量拟人作用的描述是很丰富的。通常人物都以常态为美，健全是人体的常态，耳聋、口吃、面麻、胫痛、背驼、足跛等等都不是常态，所以显得丑，奇怪的是与崩破线条有残缺美一样，面对断臂维纳斯雕像并没有人说它不美，相反任何想为雕像嫁接新手臂的尝试都被视作画蛇添足行为。原来残缺有时才是最完美的。

追求这种崩破线条为美的论述古已有之，蔡邕在《笔论》中对书法有生动的描述："为书之体，须入其形，若坐若行，若飞若动，若往若来，若卧若起，若愁若喜，若虫食木叶，若利剑长戈，若强弓硬矢，若水火，若云雾，若日月，纵横有可象者，方得谓之书矣。"[61]里面提到"若虫食木叶"正是这种审美情趣的体现。

朱光潜说："凡是艺术都极自然，但都不是自然的拓本，因为在自然中见不着它。如果艺术的功用在模仿自然，则自然美一定产生艺术美，自然丑也是一定产生艺术丑。但是事实却恰恰相反，自然美可以化为艺术丑，许多香水，低俗广告上的美人画就是一个好例，以人而论，面孔倒还端正，眉目倒还清秀；以画而论，则大半恶劣不堪。自然丑也可以化为艺术美，莎士比亚的全部悲剧都描写恶人和恶事，莫里哀的全部喜剧都描写丑人和丑事，但在艺术上都是登峰造极的作品。从前艺术家大半都怕用丑材料，近代艺术家才知道化自然丑为艺术美为难能可贵。"[62] "自然只是死物质，艺术却须使这种死物质具有生动的形式。"[63] 由此可见，自然丑的残碑线条可以化为艺术美是不足为奇的，因为美感观照是一种极单纯的直觉活动，对于所观照的对象并不加肯定或否定，所以不能判断。美是客观方面某些事物性质和形状适合主观方面意识形态，可以交融在一起而成为一个完整形象的那种物质，所以从古碑剥落线条中寻找韵味只是艺术家的一种很正常的审美取向而已。

【第五章】 吴子复隶书创作的意境

第一节 意境的阐发

吴子复把书法写作提升到高境界的体验，书法便成了一种体验的艺术。吴子复认为关于书法艺术"单以手造曰工，手脑合作者曰技，手脑心三者合作称艺术。心指感情、个性、人格也。无感情的表现虽工亦匠。所谓雅健、秀逸、林茂、骏爽、浑穆、雄深等，是欣赏者对作品之感得，亦是作者在作品上情感、个性、人格之表观。"[64] 换言之，凡是不能灌注到书法家个人感情的书法作品都是缺乏意境的。

吴子复在《汉魏碑刻之书法研究》的"书法的意境"这一章指出："中国传统的艺术理论其思想的主要根源是儒家学说。作为中国的文化的主干的儒家思想长久浸渍了中国一切的文化工作，并握住文化批判的钥匙，于是中国的文学和书画都是读书人抑即所谓文人的事了。"[65]

吴子复为此还举了三位古人学说为例子："黄庭坚的《山谷老人刀笔》：'肥字须要有骨，瘦字须要有肉。古人学书，学其二处。今人学书，肥瘦皆病'。又米元章《海岳名言》：'字要骨格，肉须裹筋，筋须藏肉，帖乃秀润。在布置稳不俗、险不怪、老不枯、润不肥。变态贵形不贵苦，苦生怒，怒生怪。贵形不作，作入画，画入俗，皆是病也。'姜夔《续书谱》总论：'用笔不欲太肥，肥则形浊；又不欲太瘦，瘦则形枯；不欲多露锋芒，露则意不持重；不欲深藏圭角，藏则体不精神；不欲上大下小，不欲左高右低，不欲前多后少。'"[66] 吴子复说："就上所引的三个例子说，其中有一个一贯的原则：由中庸或执中所获的成果，已非原来两极之中的某一极，而是高过它的一个发展。'有骨'的'肥'出于'肥''骨'而胜于'肥'；

'有肉'的'瘦'出于'瘦''肉'而胜于'瘦';'不俗'与'稳','不怪'与'险','不枯'与'老','不肥'与'润','贵形'与'不苦','不怒'、'不怪',以及'不作','不入画',不出俗',亦皆极矛盾的两种。但是文人所追求的不俗的稳、不怪的险,不枯的老,不肥的润,不苦不怒不怪的形,不作不入画不入俗的形,虽各导源于两极,又都高于稳、险、老、润、形。同样地,不太肥比肥好,因为有清的新因素。不太瘦比瘦好,因为有润的新因素。不多露锋芒比露锋芒好,因为有持重的新因素。不深藏圭角比藏圭角好,因为有精神的新因素。总之,儒家学说之执中而用,中庸之道精神可以说是创设一切书画意境的楷模,而在过程上则无处不是以高临于二极之上的意为主导,否则它只能停涉在原有的某一极,无从迈入新的领域了。"[67]我们知道"中庸"是孔子人生哲学的中心,《论语·雍也》说:"中庸之为德也,其至矣乎,民鲜久矣。"从孔子开始,这条人生哲学就逐渐运用到文学领域了,儒家思想是古代的统治思想,支配影响古代文化和社会意识形态的各个方面,因此书法这门传统艺术同样受到中庸思想制约是不奇怪的。中国书法理论总体贯穿着纤秾、疾涩、顺逆、起伏、趋舍等一系列矛盾范畴组成的哲学观,但中庸指示的方向不在对立和冲突,而在于和谐统一,并由此决定了诸多方面的内容,突出表现有以下两点:一是创作心境平和凝神静虑;二是书法形体平稳四面齐平。吴子复对古人儒家学说执中而用的见解是心领神会的。

据宋代陈思《书苑菁华》记载,钟繇曾说过"用笔者天也,流美者地也。"[68]这可能是中国书法史上首次有人提出书法之美的言论。中国书法意境的提出是在汉隶代替篆之后,中国文字已逐步打通了从记事走向内心,从象形走向表意,从书写走向书法,从实用走向审美的道路。汉隶的出现是中国文字质的飞跃,但汉隶本身实用性还仍然大于其审美性。书法艺术应该是魏晋时期,书法在篆、隶之后,真、行、草演变趋于成型和完善的时候才比较成熟。

这个时期有两位书法家最具代表性:一位是曹魏时的钟繇,他一生勤奋好学，对推动隶书向楷书的转变发挥了关键作用，他的代表作《贺捷表》（图46）可以看作是由隶书渐变楷书的典型，此帖变隶书的方笔为圆笔，用其书的横、捺取代了藏锋、翻笔的隶书的蚕头雁尾，虽然有的捺画还顺势飘扬作波磔状，显示隶书的余意犹存，但已明显趋于楷书化。另一位是西晋的陆机，他精通书法，在推动行草书体发展方面有莫大功劳，著名的

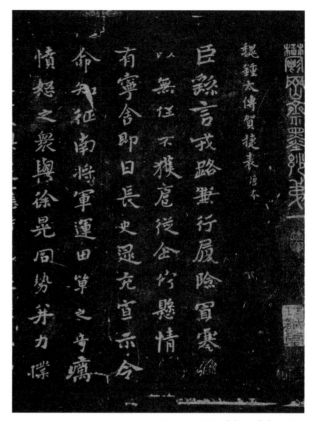

图46　钟繇《贺捷表》局部

《平复帖》（图47）就是他留给后世的草书名作。此帖重要性在于它是反映隶草向今草渐变过渡的典型作品。陆机在该帖中写的是章草，但不带明显的汉隶遗意。从头到尾以秃毫孤锋，信笔而行，笔法圆浑，结体疏淡，率性无拘，随意自然，字不相连而气脉贯通，笔迹流畅又内含遒力，看似了不经意涂抹而成，实则精能奇古意韵萧散。

东晋是中国书法艺术的成熟期，篆、隶、楷、行、草等今天仍在通行的诸种书体都基本完备定型。书家众多，群星灿烂，尤其是王羲之的出现使书法审美化，艺术化的方面最终臻于中和完美的古典境界。他改变了钟繇变隶为楷后仍"左右波挑"留存隶意的笔法，凡钟书应波挑之外，他均敛锋不发，使楷书终至定型成熟。大约在汉代以后几乎与隶书发展的同时，出现过带隶书波磔的草书叫章草，也有不带隶书波磔的草书也叫今草。陆

图 47　陆机《平复帖》

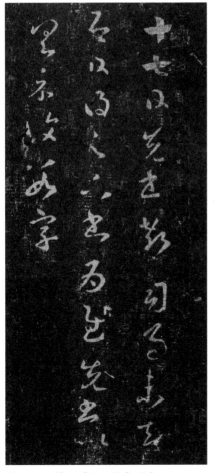

图 48　王羲之《十七帖》局部

机《平复帖》推动这种转变，已有较大进展，而王羲之则以自己富于革新精神的书法创作完成了这一转变，奠定了今草笔方势圆遒媚相生的古典审美范式，和偏向表意尚韵的美学性格，他的《十七帖》（图 48）便是草书的典范之作，观赏全帖，只见字字独立，互不牵连，俯仰上下，左顾右盼，点画之间似乎随意写来，不经意之间却章法有致，用笔劲峭，布局势巧，结字从容。从审美角度看，王羲之的天下第一行书《兰亭序》（图 49）就比其草书更富意义。该作品充分体现了笔与意，骨与肉，形与神，刚与柔均衡中和，其用笔中、侧锋交替使用，中锋取犹劲，侧锋取妍美，结字极尽变化无一雷同，自然天成完整统一，意态飘逸清雅，气韵灵秀飞动，笔随意转意到笔至，把作者自身的潇洒风度和高逸情怀表现得淋漓尽致。唐张怀瓘《书断》说王羲之："增损古法，裁成今体。进退宪章，耀文含质，推方履度，动必中庸。"[69]这个中庸，表现在书法上艺术上就是中和美的理想。

在晋代，论述书法意境的文章很多，相当一部分是以行草为例的，但

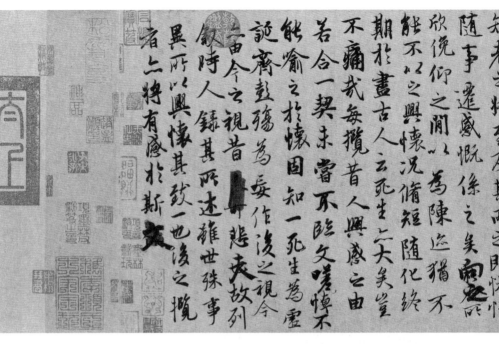

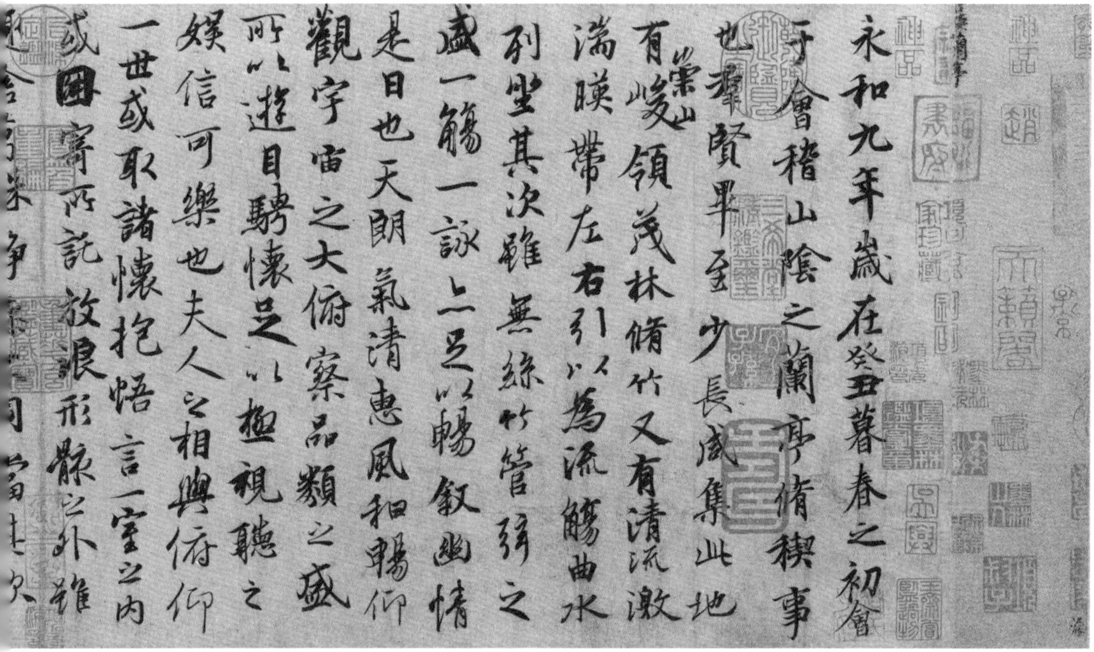

图 49　王羲之《兰亭序》

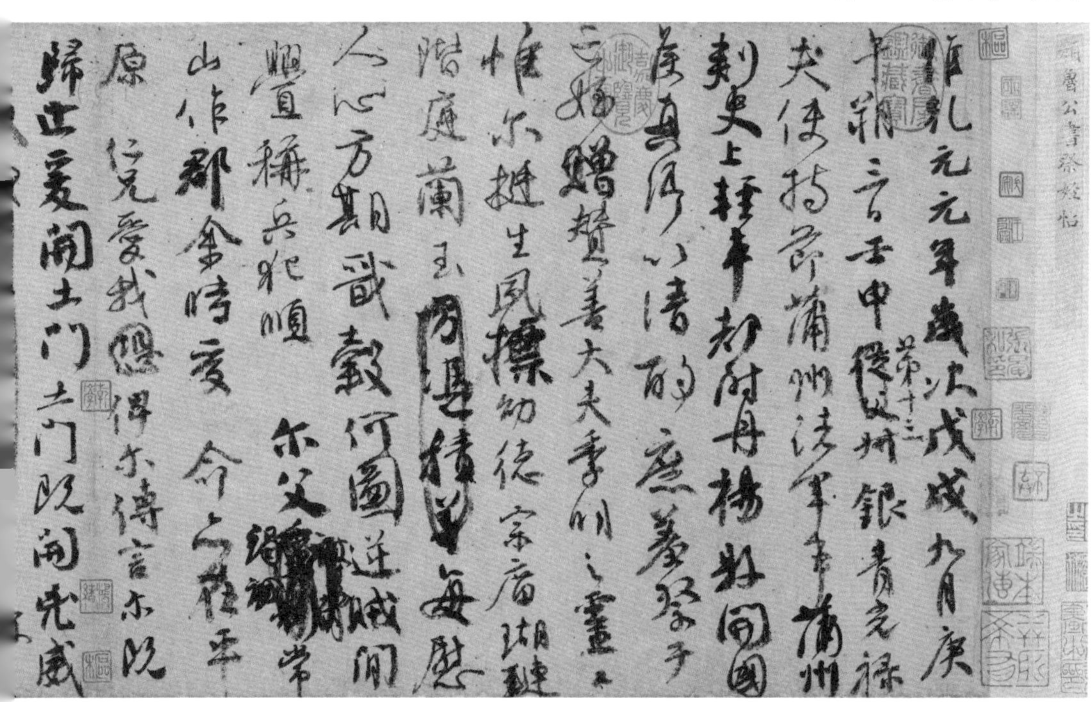

图 50　颜真卿《祭侄文稿》

也有对隶书的意境作出论述的，仪平策在《中国审美文化史·秦汉魏晋南北朝卷》中提到："成公绥赞美隶书'灿若天文之步曜，蔚若锦绣之有章。''缤纷络绎，纷华灿烂，绸缊卓荦，一何壮观！繁缛成文，又何可玩！'"这里不仅有对隶书之美的敏锐感受和热情赞叹，而且还指出了书法之美超功利超实用的"可玩"（纯审美的）性质。这是很值得注意的新趋向。成公绥同时还说，隶书工巧难传，善之者少，应心隐手，必由意晓。这个"必由意晓"说就涉及了书法艺术的写意特征，虽然说得还不是很明确，但也已经是一个重要进展了。[70]

唐孙过庭在《书谱》中对各种书体如何通达性情曾评论说："篆尚婉而通，隶欲精而密，草贵流而畅，章务检而质。然后凛之以风神，温之以妍润，鼓之以枯劲，和之以闲雅。故可通达其情性，形其哀乐。"[71]"岂知情动形容，取会风骚之意，阳舒阴惨，本乎天地之心。"[72]对照古人有关这方面的言论可知，吴子复主张的中庸之道的隶书意境和古代传统审美要求是完全一致的。

第二节   意境的移情作用与艺术表达

中国语言文字特征是象形、会意、形声、指事、假借和转注，文字本身的形式美依然是一个很有意味的因素，仅靠点画线条就可以形成作品的张力效应，这是别国文字所无法做到的，西方美学家常常对此羡叹不已。

关于点线产生意象的问题，孙过庭《书谱》中早有论述，他认为书法艺术独特之处在于是以线条为语言的艺术。文字取象于自然万物，书法亦出于自然。孙过庭用较长的文字来展示钟繇、张旭和"二王"书法的线条意象："观夫悬针垂露之异，奔雷坠石之奇，鸿飞兽骇之姿，鸾舞蛇惊之态，绝岸颓峰之势，临危据槁之形，或重若崩云，或轻如蝉翼，导之则泉注，顿之则山安，纤纤乎似初日出天涯，落落乎犹众星之列河汉。"[73]这段话呈现出一个多姿多彩的意象世界。这些描述更多是指这几位书法家的楷、行、草笔迹，其实隶书在这些方面也毫不例外。

隶书本是法度森严的，尤其是汉隶，其实在汉代以后，唐宋就没有几个人能把隶书写得好的。唐人写隶丰肥甜熟，失去了隶书的本真；元明时期，赵孟頫、文徵明写隶，取法唐人了无新意；直到清代才有人把隶书写好，例如金农、邓石如、伊秉绶、何绍基、吴昌硕等人。近代有个别名家出现，亦仅得装饰性波磔的皮毛，结体化险为夷，线条拉平磨滑，千字一面，毫无意象意境可言。通常画画人讲意景，而书法家讲意境的不多，或者把意境两个字挂在嘴边但其本人是否理解则很难说。真正的书法家就是要把握线条间隔所表现出来的审美情趣，吴子复在这方面表现比较突出，他的隶书能够在法度森严中追求情怀，追求意境。虽然他的字古朴浑厚、生拙老辣，但总能让人有一种潇洒飘逸与灵秀兼具的感觉。当这种动态东西以静态展现在你面前的时候，仔细品味就会体会到艺术家的气质特点、个性特征以及学养，这确实是一种心智的果实，书法家的智慧与心灵都全在里面了。

吴子复《汉魏碑刻之书法研究》中有一章专门说及书法意境，他说："汉魏碑刻的书法体态极多，风神各别，有雄健的，有俊逸的，有韵秀的，有骏爽的，有淡远的，有娴静的，有肃穆的，有丰茂的，有疏宕的，有奇伟的，有华艳的，有端朴的，有拙朴绝无姿媚的，有奇古不可名状的。此类形容词用于书法艺术上就是所谓'移情作用'的结果，'移情作用'又名'拟人作用'，把艺术作品当作一个人，以形容人的优良品德和体态风度的形容词来形容艺术。中国绘画着重意境，书法也着重意境，所谓意境就是指此。先立意而后动笔，所谓'意在笔先'。文人画树或画较为广阔的自然对象都先存一个树或自然对他所能兴喻的品德，松柏使人感觉到'忠贞'，杨柳使人感觉到'温柔'，推而至于兰竹'清逸'，桃李'活泼'，梅菊'傲岸'，而画家也必须以最简练单纯的感应，从这些树木的形相中，直觉到这类品德和人格，而后分别赋予他这点简练单纯的感应，就是直觉在凝神观照'物我两忘'中不知不觉把自己的情感外射到那形相中，那么他所画的树就不是自然的复制，而有人的情感或人格渗入其中了，这在绘画上就是意境。书法没自然事物的形相，它只有线条组织的抽象形相，这种线条组织的抽象形相也同样可以兴喻品德，换言之也可以起到移情作用或拟人作用。"[74]

吴子复这里所讲的移情作用、拟人作用，正是审美经验物我同一的问题。在美感经验的物我同一问题上，我们心中除开凝神观照时所观照的对象而别无所有，很容易进入到物我两相同一的境界。这种物我同一的现象就是所谓的移情作用，粗浅一点讲，移情作用是外射作用的一种，外射作用就是把我的知觉或感情外射到事物的身上去，使它们变成为在物的。有许多在物的属性，在心理学方面都认为是由知觉外射出来的，自觉的外射大半纯是外射作用，情感的外射大半容易变为移情作用。移情作用有人称为"拟人作用"，即拿我做测量人的标准，拿人做测量物的标准，一切知识经验都可以说是由此得来的。

移情作用对于文艺创造的影响还可以从另一方面来观察：文学的媒介是语言文字，语言文字的创造和发展往往与艺术非常类似，语言自身就是一种艺术，语言学和美学是相通的，文字的每个新的引申义就是一种艺术创作。

在艺术欣赏中，移情有重要作用，例如写字，横直点捺等笔画本来只是墨的痕迹，但是在面对名家书画作品时，我们却会有骨力、姿态、神韵和气魄的感觉。康有为曾提出写字有十美："一曰魄力雄强；二曰气象浑穆；三曰笔法跳跃；四曰点画峻厚；五曰意态奇逸；六曰精神飞动；七曰兴趣酣足；八曰骨法洞达；九曰结构天性；十曰血肉丰美。"[75]这十美中除了第九美"结构天成"外，基本都是移情作用的结果，把墨的痕迹看作有生气和有性格的东西，在观赏者心中不知不觉地把原有的意象注到字的本身上去了。写字就跟其他艺术一样可以表现作者的性格和临池时的兴趣，也可以是抒情的。同一个书法家，在他正襟危坐时与酒酣耳热时的意态是不一样的，在风清日和时与风号雨啸时意态也是不一样的，各种境界各种心情都会由手腕传到笔端，使点画变成性格和情趣的象征，使观赏者觉得生气蓬勃。作者把性格和情趣贯注到字里去了，我们看字的时候也不知不觉地吸收这种性格和情趣，使在物的变成在我的了。

这种物我同一的特点，我们今天可以用凝神观照《祭侄文稿》（图50）的墨迹，来想象颜真卿当时写作的澎湃心情，也许所得意象是感同身受的。

《祭侄文稿》是颜真卿在用血和泪写成的书作。作为一篇祭文，颜真卿先以沉痛的心情交代时间和身份，第一、二行字字独立，大小匀称，显示出祭灵前的虔诚心情，到第三行就有点控制不住，书写速度越来越快，写至"蒲州诸军事"时笔已无墨，然后蘸浓墨书写"蒲州刺史"，心情又复郁闷，字字凝重独立，字较前三行扩大。"以清酌庶羞祭于亡侄"是文稿的主题，此时情绪开始激动，以连带的笔画一气呵成。接着赞美颜季明从小就有高洁品格，是颜氏家门的"瑚琏"、"兰花玉石"，心情稍为平静，用笔略为缓和，但感情却在升华，继而写到逆贼安禄山称兵犯顺之际，颜季明于平原郡和常山郡之间"俾尔传言"，从而为夺得了军事重镇"土门"立下了功劳，打击了叛军的嚣张气焰，感情随之激愤，落笔逐渐铺开。当写到太原节度使王承业"贼臣不救"，颜杲卿父子被"孤城围逼"时，感情再度波动，在"贼臣不救""贼臣拥众不救"之间来回涂改，祭文进入了高潮，从第十五行的"孤城围逼。父陷子死，巢倾卵覆"最为突出，这时的字也写得特别大而开张，情急墨枯，肠断笔沉，慷慨激昂，不由得使人痛彻心肺。无论是作者当时的心情或是当今读者也会有亲历其境气氛险恶的感觉。颜真卿接着写自己因得罪朝中权贵被贬蒲州，只能由幸存侄儿颜泉明去收得亡亲残骸，但由于烽火连天暂时不能葬回故里，因此告慰亡侄"魂而有知"可以"无嗟久客"了，他的悲愤之情达到了高潮，真的是字字血、声声泪，笔之所至顿挫纵横，一泻千里，令人惊心动魄。末了在"呜呼哀哉"四字之后用"尚飨"二字骤然收笔，痛快淋漓。颜真卿就是这样把个人性格和情趣灌注到字里面去了，而我们在观看这篇《祭侄文稿》时，也会不知不觉地吸收这种性格和情趣，使在物的变成在我的了。观其字如

图 51　镇海楼

图 52　"广州博物馆"馆名

图 53　"镇海楼"牌匾

睹其人，如临其境，整篇书作营造出触动人心的意境，唤起了人们情感上的共鸣。

　　吴子复推崇颜真卿的书法，对蕴含其中的气韵气势心领神会，这直接影响了吴子复的书法内涵。吴子复的作品被用于广州各处的有十多个地方，大部分已在前面提及，他的作品放在纪念碑上会显得庄重，放在古建筑和现代庭院会显得骚雅，放在剧院会显得协调，基本上都能与周围环境互相辉映，这是吴子复书法与题写的内容相通，气韵相通的特点。这种情况在镇海楼这一古建筑上，吴子复的三件作品尤显突出。

　　镇海楼还有一个广州人喜欢的名字叫做"五层楼"，此楼坐落在广州老城区中心地带的越秀山小蟠龙岗，刚好处在或紧靠以广州市政府、广州市人大、中山纪念堂这些古建筑设施沿着越秀山巅由南至北的传统老城区中轴线上。镇海楼楼高 25 米，呈长方形，阔 31 米，深 16 米，下面两层围墙用红砂岩条石砌造，三层以上为砖墙，外墙逐层收减，有复檐五层，绿琉璃覆盖，饰有石湾彩鳌鱼花脊，朱墙绿瓦巍巍壮观，被誉为岭南第一胜览（图51）。游人到此居高临下，周围景物尽收眼底，令人心情舒畅。镇海楼建于明洪武十三年（1380），距今已有636年（历史上曾五毁五建，最后一次重建是在民国十七年，即1928年），具有羊城文化地标的至尊地位。从一方风水形胜，军事谯楼、城市地标到一个城市综合性博物馆，镇海楼承载了广州城市的历史文化记忆。清代诗人张岳崧有诗《立秋日登镇海楼》说得好，诗曰：

> 霸业雄千载，高楼镇五层。
> 海天秋思早，怀古壮游登。
> 气象三城阔，光芒百粤腾。
> 云山浮霭霭，宝塔势棱棱。
> 赖有丹梯步，宁虞暑气蒸。
> 人从高处立，景向望中增。
> 地回金风到，天高玉宇澄。
> 虎门开更壮，海珠静还凝。
> 恋阙思飞鸮，摩霄想大鹏。
> 呼鸾真引领，朝汉旧堪称。
> 况此佳辰值，超然胜慨征。
> 蓺天看彩笔，今月更谁能。[76]

诗人借登楼远望之际，缅怀两千年前南越王国带来此地的光芒百越，咏叹五层楼周边浩瀚烟海的历史今昔。吴子复在镇海楼的三件书法巨制是"镇海楼""广州博物馆"和"镇海楼长联"。它们所呈现出的意境很是深远。

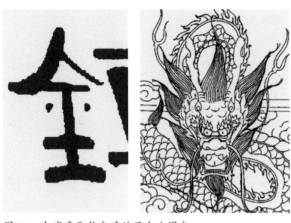

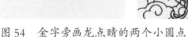
图 54   金字旁画龙点睛的两个小圆点   图 55   三点水的平衡作用

先看"广州博物馆"的馆名（图 52），此牌匾是镶在古色古香的博物馆入口处的大门上方，用圆笔写隶，结体开张而稳健，用笔圆劲奇肆，大有雍容华贵的感觉，恰似掩映着广州千年故事舞台的帷幕，可令前来参观的观众有特别期待的好心情。

再看"镇海楼"牌匾（图 53），是用方笔写隶，三字之中两边的竖画比较粗壮，构成方整的界限，结体凝整之中有跌宕，用笔雄浑挺拔，尤其值得注意的是字中有两组奇妙的小点：第一组小点是在"镇"字的"金"字旁中的两点，吴子复先将"人"字覆盖下的"王"字腾出上部较大间格空间（通常用下面间隔）且左右对称，然后点上两个特别小的小圆点，似这样写隶书是不多见的，直接起到了画龙点睛作用，使整个图案结构直如中国龙图腾文化中正面蟠龙的形象，有镇得住的艺术效果。（图 54）

第二组是"海"字的三点水偏旁，从整个海字看，"每"字头上一撇一横可以有多种写法，可以一撇一横，可以一点一横，也可以一撇左一撇右；"母"字也有多种写法，但通常"母"字的三个竖画必然从上向左下方倾斜，因此左边三点水虽以轻轻的横点形式所写，宛如大海溅起的浪花，但它们又恰好写在与"母"字倾斜的反方向的一条从上向右下方微微倾斜的直线上，刚好与右侧字块形成斗形夹角，起到了四两拨千斤的作用，使

整个牌匾有一种静中有动，庄严与生动并重的艺术效果。（图55）

最后看长联，（图56）长联的内容恰与这座名楼所经历的历史事迹、世纪沧桑有关。这副长联是由晚清湘籍名将彭玉麟所撰写，意境非常开阔，同时也是作为当时主战派的他，反对李鸿章在面对外来侵略采取主和态度实行投降主义的无奈之举。上联是"万千劫危楼尚存，问谁摘斗摩霄，目空今古"，下联是"五百年故侯安在，使我倚栏看剑，泪洒英雄！"对联大意是：历史上几经劫难的镇海楼侥幸还在，可是多少代王侯都已烟消云散了，面对河山破裂国之将亡的景象，却再没有救世英雄出现，我也被迫掩脸而泣置身度外了。作者借古喻今将自己悲愤满怀的心情表现得淋漓尽致。长联的用笔不同于前两个用圆笔或方笔，而是方圆混合，属于典型的吴子复隶书写法，粗细对比强烈，大小不一、高矮不一，但整体协调，重要笔画很有泛圆的立体感。大部分字迹有吴子复擅长的《张迁碑》的影子。在强调泪洒时，因为男儿有泪不轻弹，所以把"洒"字写得特别沉重，占两个字的位置且字迹特别粗壮。强调看剑时，"剑"字轻盈，剑走偏锋，剑花点点，非常灵动，恍似一幅英雄气短，无奈置身度外，倚栏看剑的历史画面，让人浮想联翩意会无穷。这就是吴子复理论和实践

图56 镇海楼长联

相结合的实际效果。

　　这三件作品均以各自体态而出入雄奇劲健的意境之中，与这座岭南名楼相得益彰。

【 结 语 】

　　吴子复早年是个油画家，同时也研究书法艺术，后来重点钻研隶书艺术，他的隶书远宗汉魏碑刻，近涉晚清民初的何绍基、林直勉等人，笔法的多样性，神品、精品的丰富性，以及对传统艺术的现代理解达到融会贯通且非一般人可比的高水平。他创造了隶书新流派，成为名扬中外的书法家是一个必然的结果。吴子复隶书既是根植汉碑而又浸透其个人风格的书写方式，又是坚持儒家精神文化的艺术结晶。在意境方面他强调中庸之道精神是创设一切书法意境的楷模；在用笔方面他强调中锋用笔的篆分遗意；在线条美感方面他强调中和的量感和立体感，强调线条中段万毫齐发的中实之妙。吴子复的功夫在隶外，从上文提到吴子复写给胡根天的一封行书和一封草书信札可以看出他在二王帖学方面把握有道的表现，反映了他遵循传统书风脉络的基本实质。

　　吴子复隶书美学开了一代风气，成为岭南隶书美学的代表，对他的隶书进行研究，既能弘扬传统隶书的美学意趣，也能对吴子复隶书有更切实的审美认识，这就是吴子复隶书研究的意义。

注释

1. 吴子复《吴子复艺谭》，岭南美术出版社，1994 年，第 276 页。

2. 吴子复《吴子复艺谭》，岭南美术出版社，1994 年，第 276 页。

3. 吴子复《吴子复艺谭》，岭南美术出版社，1994 年，第 278 页。

4. 吴子复《吴子复艺谭》，岭南美术出版社，1994 年，第 282 页。

5. 吴子复《吴子复艺谭》，岭南美术出版社，1994 年，第 283 页。

6. 吴子复《吴子复艺谭》，岭南美术出版社，1994 年，第 62 页。

7. 吴子复《吴子复艺谭》，岭南美术出版社，1994 年，第 66 页。

8. 吴子复《吴子复艺谭》，岭南美术出版社，1994 年，第 158 页。

9. 吴子复《吴子复艺谭》，岭南美术出版社，1994 年，第 52 页。

10. 吴子复《吴子复艺谭》，岭南美术出版社，1994 年，第 159 页。

11. 吴子复《吴子复艺谭》，岭南美术出版社，1994 年，第 20 页。

12. 卢洁峰《广州中山纪念堂钩沉》，广东人民出版社，2003 年，第 117 页。

13. 胡根天《胡根天文集》，广东人民出版社，1995 年，第 230、231 页。

14. 吴瑾《我的父亲——吴子复的生平与艺术》，《艺海风华》，广东人民出版社，1995 年 3 月。

15. 吴瑾《风火未忘画遣闲——胡根天、吴子复三江写生及其他》，吴瑾提供。

16. 同上。

17. 黄蒙田《回忆吴子复》，香港《大公报》，1979 年 8 月 20 日。

18. 陈建华主编《吴子复书画集》，岭南美术出版社，2006 年，第 317 页。

19. 吴子复《吴子复艺谭》，岭南美术出版社，1994 年，第 15 页。

20. 吴子复《吴子复艺谭》，岭南美术出版社，1994 年，第 160 页。

21. 吴子复《吴子复艺谭》，岭南美术出版社，1994 年，第 26 页。

22. 马国权《近代印人传》，上海书画出版社，1998 年第 13 页。

23. 吴子复《吴子复艺谭》，岭南美术出版社，1994 年，第 172 页。

24. 吴子复《吴子复艺谭》，岭南美术出版社，1994 年，第 171 页。

25. 黄大德《从"谊"字说起》，羊城晚报，2001 年 11 月 28 日。

26.《吴子复隶书册》，岭南美术出版社，1979 年

27. 王小庚、周树坚编《吴子复书好大王碑》，岭南美术出版社，1987 年。

28. 吴瑾：《我的父亲——吴子复的生平与艺术》，《艺海风华》，广东人民出版社，1995 年 3 月。

29. 康有为：《广艺舟双楫·尊碑》《历代书法论文选》，上海书画出版社，1979 年。

30. 吴子复《吴子复艺谭》，岭南美术出版社，1994 年，第 206 页。

31. 吴子复《吴子复艺谭》，岭南美术出版社，1994 年，第 205 页。

32. 同上。

33. 同上。

34. 康有为：《广艺舟双楫·体变》《历代书法论文选》，上海书画出版社，1979 年。

35. 康有为《广艺舟双楫. 体变》《历代书法论文选》，上海书画出版社，1979 年。

36. 马宗霍辑《书林藻鉴·书林记事》，文物出版社，1984 年，第 239 页。

37. 朱万章《岭南书法》，广东人民出版社，2004 年，第 117 页。

38. 区大为新加坡《星洲日报》，1979 年 12 月 17 日。

39. 吴子复《吴子复艺谭》，岭南美术出版社，1994 年，第 172 页。

40. 吴子复《吴子复艺谭》，岭南美术出版社，1994 年，第 214 页。

41. 吴子复《吴子复艺谭》，岭南美术出版社，1994 年，第 213 页。

42. 区大为《野意春风》，陈建华主编《吴子复书画集》，岭南美术出版社，2006 年，第 18 页。

43. 蔡邕《九势》《历代书法论文选》，上海，上海书画出版社，1979 年。44. 龙震球、何书置校《何绍基诗文集》，岳麓书社，1992 年，第 816 页。

45. 龙震球、何书置校《何绍基诗文集》，岳麓书社，1992 年，第 818 页。

46. 包世臣《艺舟双楫·答熙载九问》《历代书法论文选》，上海书画出版社，

1979 年。

47. 包世臣《艺舟双楫·跋荣郡王快雪晴帖》《历代书法论文选》，上海书画出版社，1979 年。

48. 吴子复《吴子复艺谭》，岭南美术出版社，1994 年，第 237 页。

49. 吴子复《吴子复艺谭》，岭南美术出版社，1994 年，第 238 页。

50. 黄小庚《我搔我痒的吴子复》《画廊》，岭南美术出版社，1983 年第十期。

51. 吴子复《吴子复艺谭》，岭南美术出版社，1994 年，第 172 页。

52. 康有为《广艺舟双楫·东汉》《历代书法论文选》上海书画出版社，1979 年，第 794 页。

53. 刘熙载《艺概》《历代书法论文选》，上海书画出版社，1979 年，第 710 页。

54. 包世臣《艺舟双楫》《历代书法论文选》，上海书画出版社，1979 年，第 653 页。

55. 章太炎《论碑版法贴》《历代书法论文选续编》，上海书画出版社，1993 年，第 770–772 页。

56. 同上。

57. 同上。

58. 启功《论书绝句》生活、读书、新知三联书店，1999 年，第 67 页。

59. 同上。

60. 同上。

61. 蔡邕《笔论》，王镇远：《中国书法理论史》，上海古籍出版社，2009 年，第 16 页。

62. 朱光潜《谈美文艺心理学》，中华书局，2012 年，第 241 页。

63. 朱光潜《谈美文艺心理学》，中华书局，2012 年，第 240 页。

64. 宏毅《现代书法大师吴子复》，香港《书谱》，1988 年 3 月。

65. 吴子复《吴子复艺谭》，岭南美术出版社，1994 年，第 209 页。

66. 同上。

67. 吴子复《吴子复艺谭》，岭南美术出版社，1994 年，第 209 页

68. 陈思《书苑菁华》，陈炎主编《中国审美文化史》，山东画报出版社，2007 年，

第 406 页。

69. 张怀瓘《书断》，陈炎主编《中国审美文化史》，山东画报出版社，2007 年，第 403 页。

70. 陈炎主编《中国审美文化史》，山东画报出版社，2007 年，第 406 页。

71. 孙过庭《书谱》《中国书法专业考生必备碑帖》，山西人民出版社，2010 年 1 月，第 86 页。

72. 孙过庭《书谱》《中国书法专业考生必备碑帖》，山西人民出版社，2010 年 1 月，第 95 页。

73. 孙过庭《书谱》《中国书法专业考生必备碑帖》，山西人民出版社，2010 年 1 月，第 81 页。

74. 吴子复《吴子复艺谭》，岭南美术出版社，1994 年，第 208 页。

75. 康有为《广艺舟双楫·十六宗》，王镇远《中国书法理论史》，上海古籍出版社，2009 年，第 364 页。

76. 张岳崧《立秋日登镇海楼》《镇海楼六百卅周年庆》，广州市博物馆，2010 年。

参考文献

吴子复《吴子复艺谭》，岭南美术出版社，1994年。

陈建华、吴瑾编《吴子复书画集》，岭南美术出版社，2006年。

广东人民出版社编《吴子复隶书册》，广东人民出版社，1979年。

王小庚、周树坚编《吴子复书好大王碑》，岭南美术出版社，1981年。

吴瑾《我的父亲——吴子复的生平与艺术》《艺海风华》，广东人民出版社，1995年。

吴瑾《关于吴子复先生的隶书》。

朱万章《岭南书法》，广东人民出版社，2004年。

陈永正《岭南书法史》，广东人民出版社，1994年。

朱光潜《谈美·文艺心理学》，中华书局，2013年。

钱谷融、鲁枢元：《文艺心理学》，华东师范大学出版社，2013年。

王镇远《中国书法理论史》，上海古籍出版社，2009年。

陈奕主编《中国审美文化史》，山东画报出版社，2007年。

陈炎主编《中国书法史》，山东画报出版社，2007年。

宗鸣安《碑帖收藏与研究》，陕西人民出版社，2008年。

《历届书法专业硕士学位论文选》第1卷，荣宝斋出版社，2007年。

《历届书法专业硕士学位论文选》第2卷，荣宝斋出版社，2009年。

《历届书法专业硕士学位论文选》第3卷，荣宝斋出版社，2010年。

陈以良《人文四会》，广东旅游出版社，2011年12月。

欧荣生主编《广东省肇庆市不可移动文物名录》，世界图书出版社广东有限公司，2013年。

蒋勋《汉字书法之美》，广西师范大学出版社，2009年。

龙榆生《唐宋词格律》，上海古籍出版社，1978 年。

白鹤《颜真卿书法艺术》，学林出版社，2003 年。

卢洁峰《广州中山纪念堂钩沉》，广东人民出版社，2003 年。

郑军、徐丽慧编著《中国传统龙纹艺术》，北京工艺美术出版社，2012 年。

【附录一】

吴子复年谱

先生原名鉴光，又名鉴，学名琬，字子复，以字行。号沄庐、伏叟、
宁斋。所居曰：野意楼、怀冰堂、泷缘轩。曾用笔名：青烟、大北、寒山、
羊皮、复园等。广东省四会县南门人。公元一八九九年三月二十五日（清
光绪二十五己亥二月十四日）生于广州。公元一九七九年八月二十四日（己
未七月二日）卒于广州，享年八十岁。

吴氏先祖国舍公于宋元年间，自顺德县水藤乡迁至四会窑头村。至先
生为廿一世。

祖宏基字国琳，号紫谷，经商广州。雅好书画。配徐氏，生子三：大镛、
大松、大洪。

父大洪号雨田。在广州开设银器加工场。元配同邑高街李氏，生子鉴光，
女秋云。继配萧氏。

先生居长。元配同邑李氏，早卒。继配潮安杨树华，生子琚、瑾，女珣。

一八九九年　清光绪二十五年　己亥　一岁

三月二十五日　生于广州长寿路祖居。

一九〇六年　清光绪三十二年　丙午　七岁

入读私塾，母李氏病殁。

一九一一年　清宣统三年　辛亥　十二岁

入读观城高等小学。课余爱读林琴南翻译小说。好写大字，尤喜隶书。

一九一二年　民国元年　壬子　十三岁

始临《何子贞临张迁碑》，后临《张迁碑》原拓本。祖父与附近南纸店相约，

市美毕业同学（1927 年）

青年艺术社社员（1929 年）

允许先生随时赊取宣纸，年终才结账。

一九一六年　民国五年　丙辰　十七岁

入读华强国文专修科，与冯康侯、冯湘碧同学。据赵世铭引述冯康侯回忆，当时他们常在冯康侯家聚集，认识福建人谢浑，合作在西关十六甫设鸿雪斋经营文房用具并代理书画，鸿雪斋在短期内结业。后又在西关逢源中约 (冯康侯家祖业) 开设美美美术研究社，先生题写招牌。研究社公开招生，教授绘画，先生无师自通教水彩画，谢则教月份牌式的画。

一九一七年　民国六年　丁巳　十八岁

娶表妹李氏为妻，仅一月妻因病回乡，一年后病逝。先生晚年有句云"当年梦觉悲凉甚"，是忆及此事。

一九一九年　民国八年　己未　二十岁

从黎伯敏学英文。书隶书联"雪夜千卷，花时一尊"赠庐樟学长。

一九二〇年　民国九年　庚申　二十一岁

正月　为金石家茬广书隶书联"用清自和畅，所尚多古欢"。

中秋　以隶书四屏分别临《张迁碑》《西狭颂》《曹全碑》《鲁峻碑》书赠冯康侯。

一九一二年　民国十年　辛酉　二十二岁

十二月　参观广东全省美术展览会。首次见到关良的作品，留下深刻的印象。

按先生在后来的忆述中说，他的作品"给了我一个到现在还没有消失的深刻印象：稚拙的、单纯的，使人感到洋溢着孩子般的纯真。画面画的是近郊的马路，一支歪斜的电线杆、一辆汽车，那是近黄昏的郊外，静寂的粗野的，可是热情的。

吴子复油画《东山风景》（1929 年）　　吴子复油画《百合花》（1929 年）

那技法——表现画家绘画精神的技法，给了这作品以跃动着的生命。"

一九二二年　民国十一年　壬戌　二十三岁

四月二十六日　入读初创的广州市立美术学校西洋画科。该校是广州市最早由政府出资兴办的美术学校。首任校长由教育局长许崇清兼任。教授有胡根天、冯钢百、陈丘山、梁銮等。首届设西洋画科，有两百多人报名，仅招生两个班共八十人，学制为四年。

一九二四年　民国十三年　甲子　二十五岁

到禺山市主潮美术学校参观留日归国画家何三峰、谭华牧、陈士洁画展，受到他们后印象派作风的影响，开始怀疑自己的老师冯钢百先生。按先生在回忆中说："这大抵因为'五四运动'的精神，动荡到南方的角落里来，文艺上的新思潮的输入还来得蓬蓬勃勃。一般学生，除了课本之外，还要看点书的。他们还希望绘画理论的灌溉。近代西洋画进展到怎样情形，什么是写实主义、印象主义、后印象主义等事情，他们是渴望知道的。"

一九二六年　民国十五年　丙寅　二十七岁

七月十二日　广州市立美术学校毕业。入学时的八十人，只有二十三人坚持到毕业。时值北伐军兴，同学伍千里、胡绵志投身革命军作宣传工作。

秋　与同学赵世铭在东山美术学校协助教学。该校是胡根天、何三峰在东山恤孤院路办的私立学校。同学李俊英(李桦)时来聚会，商量组织艺术社团事。

九月　接李俊英来信，信中谈到组织社团的设想，"确立目的，为艺术而努力，用青年方刚的血气去开拓新艺术领域，反对守旧因循的态度，组织不必重形式，能为艺术努力者可为会员。计划每月拿出作品大家来评论，每年开两次展览会，

吴子复油画《静物》(1933 年)　吴子复油画《街景》(1933 年)　吴子复手书广告(1935 年)

并出版艺术期刊"。

十一月　参加北伐，为北伐军第二方面军政治部艺术股淮尉股员。

一九二七年　民国十六年　丁卯　二十八岁

三月　宁汉分裂。回广州与李俊英、赵世铭组野草社于恤孤院路东山美术学校。

十月　与李俊英、赵世铭组青年艺术社。为《画室》创刊号写文章《Degas》，介绍印象派画家德加。《画室》以青年艺术社名义自费出版。发刊辞称：要介绍点艺术的理喻和思潮，提高民众赏鉴的眼光和认识艺术之途径。该刊共出两期，第三期因"广州起义"而未刊。两期中介绍过后印象派、未来派、新俄美术及音乐常识等，撰稿人为吴琬、李俊英、赵世铭和关良等。

一九二八年　民国十七年　戊辰　二十九岁

六月二十五日　《青年艺术》照《画室》的形式出版。至八月共出四期。因经济负担难以为继而停刊。

冬　青年艺术社成员增加了北伐回来的伍千里和女同学梁益坚。在伍千里家中设画室，每天下午请模特，进行绘画创作，准备举办画展。

一九二九年　民国十八年　己巳　三十岁

三月九日　撰《一个"个人洋画展展会"》，发表于广州《国民新闻》，评述梁鼎铭的画。

五月　青年艺术社在《广州民国日报》开设副刊《艺术周》，至十一月共出二十五期。先生以青烟、芷君、wy 等笔名发表文章于该刊，计有《画室呓语》《青年艺术社宣言》《展览会闭幕后》《关于国画的一点意见》《因〈浮士德〉被禁而警告艺术家们》等。九月一日，"青年艺术社秋季绘画展览"于广州广大路开幕，

吴子复设计刊头（1947 年）　吴子复铅笔速写（1935 年）

共展出社员吴琬 、李俊英、伍千里、赵世铭、梁益坚五人作品油画、水彩三十九件、素描一批，并出版展览图录一册。上海《良友》画报四十四期刊出专版介绍画展。先生共展出作品十五件，计有油画《鱼》《风景小品》《南国之冬》《百合花》《秋阴》《静物一》《静物二》《梨之静物》《村道》《葡萄与苹果》《东山风景》《y之像》《自画像》水彩《夏午》《小童之像》。

一九三〇年　民国十九年　庚午　三十一岁

五一六月　撰《看过中日三人绘画联展》《看过茶花女公演而谈到戏剧种种》《茶花女的余波》，以笔名寒山连载于《广州民国日报·白云周刊》。

八一十月　翻译 Boris S.Glsgolin 的《什么是俄罗斯舞台的构成主义》、Med well 的《舞台装置的历史的进展》和《纯粹的构图和艺术的力量》等关于舞台美术的文章。以笔名青烟连载于《广州民国日报·白云周刊》。

十一月—十二月　撰《春睡画院展览会给我的感想》《所谓新兴艺术的尽忠者》《艺术之宫里发出来的咻咻的声响》《关于新兴艺术》《新兴你的新兴艺术去吧》等文，以笔名寒山发表于《广州民国日报·白云周刊》，与司徒奇等展开艺术论争。

一九三一年　民国二十年　辛未　三十二岁

三月　翻译意大利皮蓝得娄 (pisandell) 的剧作《西西里的柠檬》。以笔名青烟分六期连载于《广州民国日报·白云周刊》。三月二十六日　白云周刊改为艺术周刊，为该刊设计刊头。继续连载上文。

四月二日　撰《关于〈一塌糊涂〉及其它》，以笔名寒山发表于《广州民国日报·艺术周刊》。

六月二十六日　撰《介绍雅典娜剧社》，以笔名寒山发表于《广州民国日报·艺

吴子复炭笔速写（1939 年）　　　　　吴子复炭笔速写（1939 年）

术周刊》。

"九一八事变"之后，李桦、梁益坚夫妇愤然离日回国。

十月　广州中山纪念堂建成。与任职于省党部的同学伍千里等参与开幕典礼的会场装饰布置工作，以《曹全碑》字体写孙总理遗嘱，悬挂于会场，供开会诵读。后刻石镶于舞台正面墙壁。

一九三二年　民国二十一年　壬申　三十三岁

李砚山接任广州市立美术学校校长。受李之聘，与同学李桦同回母校执教于西画科。先生教一年级木炭素描。

一九三三年　民国二十二年　癸酉　三十四岁

十月　展出油画《街景》《鹄》于广州市第一届展览会，并为会刊题写分类扉页"工商"。

一九三四年　民国二十三年　甲戌　三十五岁

五月十二日　青年艺术社在《广州民国日报》创办《艺术》副刊。逢星期六出版，历时年余，共出版六十期。李桦负责主要编务。六月二十三日李桦创作版画个展在广州大众公司开幕。先生撰文《李桦及其创作版画—为广州大众公司主催李桦创作版画个展而作》，发表于《广州民国日报》副刊《艺术》。该文是最早评论研究李桦版画的文章。

十月　撰《市美术展览会洋画部之一瞥》《雕刻家郑可》，刊于《广州民国日报》副刊《艺术》。

一九三五年　民国二十四年　乙亥　三十六岁

元旦　《青年艺术社小品展》在广州永汉北路大众公司二楼开幕，展品有油画、

广东艺术院美术科毕业同学留影　　吴子复、杨树华结婚照（1946年）

版画、素描、雕塑、摄影、实用美术等，青年艺术社成员增加留法雕塑家郑可、留法美术理论家李慰慈、"市美"毕业生林绍伦等。

一月五日　撰《不成感想的感想》，刊于《广州民国日报》。二月二十三日，与市美教授陈士洁、关良、谭华牧、黄君璧、楼子尘联署广告辞，介绍推荐国产老鹰牌颜料。刊于《广州民国日报》。广告词为先生以市美学校信笺行书手写。

七月　应邀以油画参加中华独立美术协会小品展于广州大众公司画廊。

八月　撰《几个现代画家》，刊于《莘莘月刊》。

十月　译日人外山卯三郎《世界现代绘画概观》连载于市美校刊《美术》。并发表油画《风景》《静物》《人物》于该刊。

一九三六年　民国二十五年　丙子　三十七岁

九月　创作小说《姊妹》，以笔名王宛分十六期连载于《广州市民日报》副刊《新园地》。

十月十九日　鲁迅在上海病逝。撰《佐藤春夫目中的鲁迅》，以笔名望北刊于十月二十二日的《广州市民日报》副刊《新园地》之《鲁迅纪念专刊》。

九—十二月　撰杂文《吃饭》《笑》《秋》《越秀山麓》《钱的威风与杀气》《那小生命》《送殡》《美国剧作家奥尼尔》等，刊于《广州市民日报》副刊《新园地》。

十月　任省民众教育馆职员至次年六月。作油画《外祖母像》。

一九三七年　民国二十六年　丁丑　三十八岁

二月　参与第二次全国美展广东预展筹备工作。油画《静物》《鸽》展出于第二次全国美展广东预展。撰文《二十五年来广州的绘画印象》，刊于《青年艺术》第一期。

吴子复油画《风景》（1946年）　　　　子复画室旧址

六月　撰《关良及其作品》，刊于《青年艺术》第四期。《文人相轻》《饿死事大》刊于《广州市民日报》。

回故乡四会奔外祖母丧，撰散文《故乡杂记》，载《广州市民日报》。

一九三八年　民国二十七年　戊寅　三十九岁

下半年　日寇兵临城下，广州疏散人口。回乡避日寇，住四会城高街舅父家。

一九三九年　民国二十八年　己卯　四十岁

春　胡根天自广宁来四会，与胡一起步行至连县，在三江伏兔山一带作素描写生一批。胡根天有诗云"烽火未忘画遣闲"记此事。

一九四〇年　民国二十九年　庚辰　四十一岁

春　广东省战时艺术馆在曲江塘湾成立，设戏剧、音乐、美术三科。先生任美术科导师。

年底　日寇北犯，韶关告急，艺术馆西迁连县。

一九四一年　民国三十年　辛巳　四十二岁

七月　艺术馆迁到韶关五里亭，改名广东省艺术院。尹积昌、谭畅入读美术科。

一九四二年　民国三十一年　壬午　四十三岁

六月　艺术院迁连县，暂借欧阳宗祠为校舍开课。

一九四三年　民国三十二年　癸未　四十四岁

艺术院迁回曲江上窑，改名广东省立艺术专科学校，四年制。先生代美术科主任。

编写《绘画综合课程》《素描技法》《现代绘画概论》三种教材，并亲手刻蜡版，以油印本发给学生。

吴子复组画《从猿到人》之一（1951年）　　吴子复组画《太平天国》之一（1951年）

应广西省政府邀请赴柳州写光复桂南纪念碑文，郑可设计碑体和塑造纪念雕塑。碑刚建好不久又毁于战火。

一九四四年　民国三十三年　甲申　四十五岁

二三月间　赵如琳带戏剧科实验剧团赴桂林参加西南剧展。先生作戏剧宣传画悬挂于韶关风采楼。

六月　"艺专"自韶关急迁连县。

八月　节临《礼器碑轴》呈胡根天老师教正。

由赵如琳和先生带领，"艺专"自连县经梧州、开建、封川、郁南到达罗定罗镜。

一九四五年　民国三十四年　乙酉　四十六岁

八月　日本投降。

九月　广东省立艺术专科学校迁回广州。

一九四六年　民国三十五年　丙戌　四十七岁

七月　"艺专"换校长，辞职离校。

七月十七日　与潮安姑娘杨树华结婚。在结婚照上题字："我和你开始体味人间生活的爱了。不要畏怯，不要踌躇，迎接新的一切罢。这是神的召示：'在做艺术家之前，必须先是人。'"婚后与新妇回汕头。

十二月二日　长子琚在潮安出生。

于《天行报晚刊》代伍千里编《艺术周》。用笔名许慎、杨光美、复园等撰稿。

一九四七年　民国三十六年　丁亥　四十八岁

伍千里主持的柳州黄图出版公司自去年九月迁穗，扩充为黄图文化企业公司，址设广州惠爱路三十八号，内设"黄图画廊"。先生暂居其间。

吴子复与家人（1957 年）　　　　吴子复书《中国出口商品展览会》（1956 年）

一月　由先生参与策划筹组的黄图画廊美术展览会开幕，展出作品有传统中国书画、篆刻，也有西洋形式的油画、水彩等。参展的画家有冯钢百、胡根天、吴琬、阳太阳、杨秋人、王益论、谭华牧、李研山、赵浩公、陈融、黄般若、黄君璧等二十几人。

一九四八年　民国三十七年　戊子　四十九岁

妻由潮州回穗，任教于东山培道女子中学。合家移居东山农林下路。

一九四九年　己丑　五十岁

十月二十五日至二十七日　"李研山、吴子复、陈汀兰书画联展"在香港思豪酒店画廊展出。其时来往于穗港之间。

一九五〇年　庚寅　五十一岁

三月　编小学劳作教材《人民美术》，由香港时代文化事业社出版。

七月　在香港设"时代画室"招生教授绘画。

八月　胡根天函邀先生回来协助筹建广州博物馆工作。

九月底　自香港回穗。

迁居越华路七十四号之二·三楼。后将此命名为野意楼、怀冰堂。

一九五一年　辛卯　五十二岁

为广州博物馆写《从猿到人》《太平天国》历史组画。

题写《镇海楼》横匾和镇海楼长联、《广州博物馆》横匾

八月　《剪贴美术》四册在香港出版。九月为"华南土特产展览交流大会"展览作大型宣传画数幅。

一九五二年　壬辰　五十三岁

吴子复与夫人60年代　　吴子复书流花邮局《邮政》70年代

三月八日　次子瑾出生。

一九五三年　癸巳　五十四岁

四月　题李研山《石溪壶馆》。

九月二十三日　接广州市人民政府市长签署的聘书，被聘为广州市文史研究馆馆员。

十一月　《时代刻贴纸工》四册、《时代铅笔画》四册在香港出版。

十二月十六日　题《子复画室》，由莫铁刻成木匾，悬于居所楼下。并设计街招，准备招生教授绘画。

一九五四年　甲午　五十五岁

八月一日　三女珣出生。

一九五五年　乙未　五十六岁

一月　《剪贴新篇》四册在香港出版。

一九五六年　丙申　五十七岁

八月十一日　加入中国美术家协会广东分会。

十月　题"中国出口商品展览会"。"展"字隶书古写法下多一撇，引起争议。

十月三十日　加入中国民主同盟。

题"广州师范专科学校"校名。（广东师范学院前身，校址在现东风东路）。

一九五七年　丁酉　五十八岁

十月　关良在德国寄来明信片，介绍他和李可染访德的情况。

十一月　书法作品《临石门颂》送日本参加"中日书法交流展览"。此为战后中日首次大型文化交流，参展作品共一百件。该展于十一月五日至十日在东京

广东书坛前辈（1973 年）

亦师亦友（1975 年）

日本桥高岛屋陈列场展出，其后，到大坂、长崎、名古屋等地作巡回展出。收集材料着手编绘中西图案集。

一九五八年　戊戌　五十九岁

完成《图案的构成与单位》，拟出版，最终未果。

广州市文史馆成立生产社开展生产劳动。馆员各尽所能，以书画、花木盆栽、养金鱼白燕等服务社会。先生由生产社介绍作书一批。

一九五九年　己亥　六十岁

二月六日　去年下半年在生产劳动中表现积极，广州市文史馆颁予表扬状。

为尹积昌所作的《解放广州纪念碑》题字"中国人民解放军解放广州十周年纪念广东省广州市人民委员会一九五九年十月十四日立"。碑于"文革"中被毁。

题写《花县洪秀全纪念碑》碑文。该碑在"文革"期间被毁。

题《广东名家书画选集》(香港大公报编辑，一九六〇年二月版。)

一九六〇年　庚子　六十一岁

四月　关良寄赠莱比锡伊姆茵采尔出版公司出版的世界美术丛书六九二号《关良京剧人物画册》。

一九六一年　辛丑　六十一岁

国内经济困难。为香港友人作书，以换取副食品，渡过难关。

一九六二年　壬寅　六十二岁

六月十日　短文《篆刻艺术》和篆刻作品六件发表于《南方日报》。

在广州文史夜学院讲授《汉魏碑刻的书法研究》。

一九六三年　癸卯　六十四岁

南园挥毫（1973 年）　　　　　　　　应众挥毫（1974 年）

题写"广州中山纪念堂重修碑记"。

张谷雏自香港寄赠其著作《敦煌图像征考录》。

一九六四年　甲辰　六十五岁

题写广州起义烈士陵园"中苏人民血谊亭"书形卧碑碑文（碑额为陈郁题词）。

题写广州起义烈士陵园"中朝人民血谊亭"碑阴（碑阳为叶剑英题词）

应冯康侯自香港来书之嘱，以隶书题李研山画《意在斯楼摩印图》。

九月八日　加入广东书法篆刻研究会。

十二月　流花西苑建成。题写"西苑"二字。

一九六五年　乙巳　六十六岁

题广州《友谊剧院》。

为本年《广东画报》题写标题数十条。

一九六六年　丙午　六十七岁

二月　隶书毛主席词《菩萨蛮·黄鹤楼》参加日本中国文化交流协会、每日新闻社主办的"中国现代书道展览"，在东京都美术馆展出。

八月　"破四旧"开始，自毁石膏像和多年来创作的油画一批。将碑帖书籍转移至友人处匿藏。

一九六七年　丁未　六十八岁

十二月　到中山石岐避乱。

一九六八年　戊申　六十九岁

下半年　妻下放"干校"，二儿"上山下乡"，小女去"分校"。先生自理起居饮食，将画室让与他人居住。

吴子复与家人（1972年）

一九六九年　己酉　七十岁

以隶书写毛泽东诗词作品一批。

一九七一年　辛亥　七十二岁

四月三十日　中国科学院院长办公室复函致胡根天称："来信与吴子复同志所书《毛主席诗词隶书帖》郭沫若同志已阅。他说：吴书有功力，留待适当时机作适当处理。"

初欠写晋《高句丽好大王碑》。

九月三十一日　为广州园林管理处写隶书"江山如此多娇"。

一九七一年　壬子　七十三岁

八月二十五日　往胡根天处观陈角榆藏画，画多为清代粤人作品。陈以卢振环、赵浩公合作《竹石图》见赠。

十二月二十四日　尹积昌为先生塑像完成。书《好大王碑》集字联赠尹积昌。

一九七三年　癸丑　七十四岁

二月二十四日　下午应邀往南园酒家晚膳。题写"南园饭店"和"友谊"等七个厅房名称。

春　黎雄才为先生画《黄山始信峰奇松》。九十四翁侯过自书《酒泉诗》赠先生。

三月一日　往大德路广州织金彩瓷厂讲授书法理论。并挥毫示范，题写厂名等。

初夏　容庚为先生书临师遽簋盖铭。

五月二十七日　与胡根天等往广州绢麻纺织厂，参观车间和工人书展。举行书法艺术讲座，并挥毫示范，题写厂名和对联。

弄孙（1977 年）

十月七日　为东方宾馆写隶书鲁迅诗八尺横幅。

十一月　黄新波为先生手拓版画《跃马长城》。

一九七四年　甲寅　七十五岁

一月二日　上午写对联四副。午睡后临吴仲圭山水画，片刻便不知不觉晕倒在画案上，家人即请马云衢医师诊治。事后说，将醒前梦见画一张画，乱得一塌糊涂。

一月二十三日　甲寅春节，应邀与胡根天等同往广州文化公园参加迎春挥毫。写隶书"欢度春节""鼓足干劲"。胡根天写草书"飞雪迎春到，心潮逐浪高"。

夏　胡根天以三十五年前旧诗《三江写生》书赠先生，以作留念。

冬　谢稚柳为先生作《梅花》。

一九七五年　乙卯　七十六岁

五月十七日　唐云赠国画《翠竹小鸟》，先生以《隶书辛弃疾词轴》报之。

六月五日　范曾等由袁子云引见先生，为先生勾白描肖像一幅。

一九七六年　丙辰　七十七岁

一月三十一日　丙辰春节，晚与胡根天、李曲斋等往青年文化宫参加迎春挥毫，写"移风易俗"四字。

五月十三日　香港陈复礼访野意楼，为先生摄影。先生以书作报之。

十月十五日　长孙出世。为之取名琨。

一九七七年　丁巳　七十八岁

八月二十二日　为广东肇庆七星岩景区以隶书写朱德《游七星岩》诗，作刻石用。

吴子复与关良（1978年）　　　吴子复与夫人（1978年）

十一月　为黄新波版画集题书名"春华散记"。

林墉写人物画《水粼粼》请先生教正。

一九七八年　戊午　七十九岁

二月六日　丁巳除夕，关良南来度岁。偕夫人往广东迎宾馆拜会关良夫妇。

二月八日　戊午正月初二，关良夫妇造访野意楼，午膳后挥毫作画。良公写册页并试用日本高级书画纸写《闹桃》等数幅。

二月十二日　往广东迎宾馆回访关良，以手刻石印赠良公留念。

二月十七日　拟出版的《毛主席诗词三十九首隶书册》由出版社退回，要求减少部分篇幅，另补写周恩来、朱德、陈毅的诗，改名《吴子复隶书册》。

三月三日　再往广东迎宾馆拜访关良，请良公为瑾作戏剧人物画一帧。

四月十三日—十六日　偕子琚、瑾与秦咢生、涂夫等赴肇庆，观看刻于七星岩景区的《隶书朱德游七星岩诗》刻石。访梁剑波医师，参观端砚工艺厂，题"观霞亭"，游鼎湖山后回穗。

六月一日—五日　以特邀代表身份参加广州市文化工作先进代表会议。

八月十七日　题"广东石湾陶瓷展览"。

为《端溪名砚》一书题："端砚驰名久，文房四宝珍。诗人墨客爱，书画更传神。"

十月间　时有便血，诊断为直肠癌。三十一日入"市一"医院。

十一月六日　接受手术治疗。

十二月十六日　康复出院。

一九七九年　己未　八十岁

病后仍执意作书，但往往书不遂意。

一月《吴子复隶书册》由广东人民出版社出版。但先生仍不及得见样书。

二月十五日　关良来穗，登野意楼问病。

二月二十三日　梁纪送来谢稚柳为先生所作山水画。

三月十六日　广州市和日本福冈市缔结友好城市。为广州市革命委员会书隶书对联"九洲绿波连粤海，南国红豆寄东瀛"，赠日本福冈市。

四月九日　脑溢血不醒人事，入"市一"医院抢救。

八月二十四日　昏迷四个多月，于当天下午六时三十八分逝世。

八月二十七日　广州市文史研究馆发布讣告。

九月一日　先生生前友好和弟子数百人参加了追悼会。骨灰安放于广州银河公墓。

身后纪事

一九八四年十月　《野意楼印赏》由岭南美术出版社出版。

一九八七年十一月　《吴子复书好大王碑字》由岭南美术出版社出版。

一九九四年八月　《吴子复艺谭》由岭南美术出版社出版。

八月二四日—九月七日　"岭南文化名人系列——吴子复艺术展"在广州美术馆举办。该展由广东省政协书画艺术交流促进会、广州美术馆、广州市文史馆联合主办。

（本表乃吴瑾先生根据《四会窖村吴氏族谱》《吴子复艺谭》吴子复自传、履历、日记等整理而成。）

【附录二】

吴子复作品选

（作品选自《吴子复书画集》）

遠有光來林外月

時間蘇送石間蘭

漢張遷碑集字書偶

樹華內子壬子二月二十一日子復

《张迁碑》集字联（1972 年）

石集篆势罢以币

歳得仙禽蔵之山

深庵鹤铭集字 琎兒索书 壬子初春 快庵又书于泷缘軒

《瘗鹤铭》集字联（1972年）

沧海腾龙三月浪

平寧放馬九秋天

《爨宝子碑》集字联（1972 年）

嶽峻極天河深載地

雲興觸石月明在山

汉华山碑集字

壬子仲穐前一日七十四叟子復

《华山碑》集字联（1972 年）

云起四应天作之合

月明双焰长无相忘

汉元氏封龙山颂集字

壬子仲秋节七十四叟子复书于寰久堂

《封龙山颂》集字联（1972 年）

元章雅兴从石友

忠荩盛业继金昆

汉尹宙铭集字

壬子中秋后三日七十四叟子复

《尹宙碑》集字联（1972 年）

嘉賓造門敦宿好

美瑾出柙繼夜明

漢西狹頌集字

壬子孟冬七十四叟子復書于樊意廬

《西狭颂》集字联（1972年）

临怀素扇面

草书《鲁迅诗》扇面（1973年）

逸足絕塵遠思躡日

壯懷憑嶮高可捫天

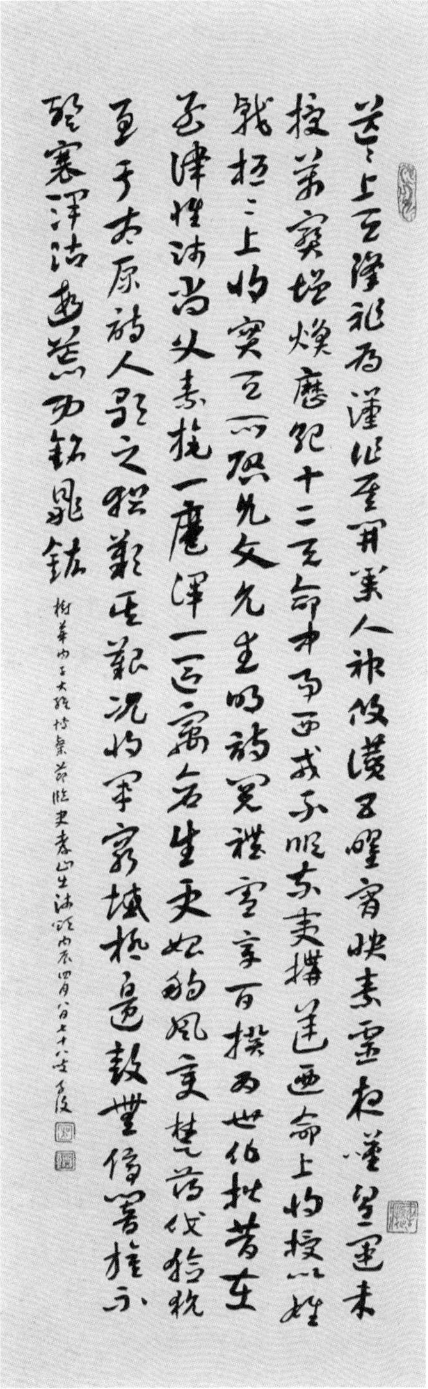

临《出师颂》轴（1976 年）

漢人書法之造藝例之純境樸質高韻新意異
態體格各具情感互殊有雄健者有秀逸者有
有疏散者有謹密者有縱肆不羈者有肅穆嚴
謹者有澹遠閒靜者有端麗妍媚者有樸拙絕
無姿致者有奇古不可名狀者皆緣自由發展蘗
蘗不拘魏晉師承斯道得繼唐以後則槃槃之練
日深院體一興書道遂日見陵夷矣今日學書須從
漢碑始者以其困筆之形式多結體之面貌古益以
石味之探求書道藝例當有從新發展之望
鋊棟仁弟愛書因臨此与之以助臨池
戊申初夏　似雲記

行书题跋（1968 年）

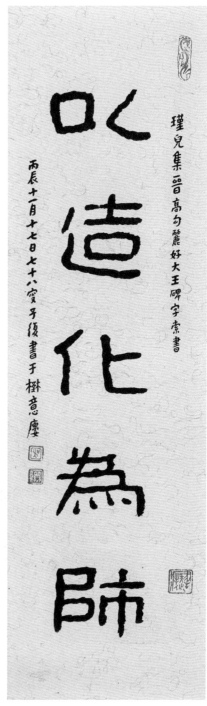

《好大王碑》集字轴（1977 年）

《黄山十景册》之一（1972 年）

君於是造立禮器樂之音
謌於是造立禮器樂之音

鍾罄瑟鼓雷洗觴觚爵

祖楹薄柸禁壺脩飾宅

廟更作二輿

拔斎先生大雅属

節臨韓勒碑　甲辰初夏　子復

临《礼器碑》轴（1964 年）

大道垂杨勒归骑

平原余日下寒雅

石門頌集字庚戌除夕前一日子復書于槃意廬

《石门颂》集字联（1971年）

深谿水漂瑞香隤

平楚日燦辛夷開

郙閣頌集字　庚戌除夕前一日　子復書于楚意廬

《郙阁颂》集字联（1971年）

临《褒斜道石刻》（1972 年）

【附录三】

凌峰论文选

颜真卿《祭侄文稿》的创作过程及心理操作模式

　　语言文学无论是作为一种口头言谈或书面话语，都是和人的心事、心思、心性、心情、心态、心境，即整个"心灵"活动联系在一起的。文学的奥秘如果可以看作是语言的奥秘，那么文学语言的复杂性、隐秘性、难解性其实就在于文学语言与心灵的直接联系。本文拟通过观察《祭侄文稿》物我同一的观照和艺术家瞬间修辞完成的心理操作模式，以分析观赏者面对这一伟大作品时与作者颜真卿一样情绪激动、心潮澎湃的原因所在。

一、颜真卿和他的《祭侄文稿》

颜真卿（709～785），字清臣，京兆长安（今陕西西安）人，唐朝开元进士，任中侍御史，因得罪杨国忠被贬为平原郡太守，人称"颜平原"。安禄山叛乱时，他联络其兄颜杲卿起兵抵抗有功，入京历任吏部尚书、太子太傅、封鲁郡公，故世又称"颜鲁公"，为玄宗、肃宗、代宗、德宗四朝元老。李希烈叛乱时他前往劝喻而被害。他的书法出自家学，又学褚遂良、张旭，一变古法，自成一格，世称"颜体"。颜真卿不仅在书学史上树立起一座巍峨的丰碑，其高尚品德亦为后世所敬仰。

王羲之与颜真卿是书法史上两颗最耀眼的星星，两人同乡并以各自特性构成了两大截然不同的艺术和审美体系，千百年来一直是书学研究的重要对象。颜真卿最大特点是对铭石之书有独特见解，以篆隶厚重之笔变王羲之及初唐妍美的楷法，又取外密内疏的篆籀笔意成功地融入楷书之中，加大了笔画的厚重感，以拙为美，以朴为华。王羲之天下行书第一的《兰亭序》以侧锋秀美取胜，而颜真卿天下行书第二的《祭侄文稿》以中锋厚实取胜。两者次序先后实际上是因为唐太宗对《兰亭序》深爱有加，命名为天下第一在先的缘故，实则《祭侄文稿》所表现的作品内涵更为突出。

《祭侄文稿》原文如下：维乾元元年岁次戊戌九月庚午朔三日壬申，第十三叔银青光禄（大）夫、使持节蒲州诸军事、蒲州刺史、上轻车都尉、丹阳县开国侯真卿，以清酌庶羞，祭于亡侄赠赞善大夫季明之灵曰：惟尔挺生，夙标幼德。宗庙瑚琏，阶庭兰玉。每慰人心，方期戬谷。何图逆贼闲衅，称兵犯顺。尔父竭诚，常山作郡。余时受命，亦在平原。仁兄爱我，俾尔传言。尔既归止；爰开土门，土门既开，凶威大蹙，贼臣不救，孤城围逼。父陷子死，巢倾卵覆。天不悔祸，谁为荼毒？念尔遘残，百身何赎？呜呼哀哉！吾承天泽，移牧河关，泉明比者，再陷常山。携尔首榇，及并同还。抚念摧切，震悼心颜。方俟远日，卜尔幽宅。魂而有知，无嗟久客。呜呼哀哉，尚飨。

祭文反映了颜真卿和他堂兄颜杲卿抵抗安史之乱叛军的一段发生在河北的战争史实。颜杲卿是常山郡太守，打的是常山之战。颜真卿是平原郡太守，打的是平原之战。安禄山叛乱爆发时，河北诸郡皆降，唯有颜真卿派出亲信去各郡联络举旗讨伐叛军之事，后"诸郡多应"，奋起抵抗叛军。颜真卿在平原郡指挥抗敌，晓阳郡、河间司、博平郡、上山郡均取得抗敌胜利。这时土门既开，十七郡同日归顺朝廷，共同推举颜真卿为元帅，聚得兵力二十余万，横绝燕赵。安禄山在洛阳得知常山起兵，后院起火，坐立不安，立即派史思明率领叛军包围常山，战斗至次年正月初九常山陷落，叛军屠杀常山军民万余人。颜真卿侄儿颜季明战死常山，其父亲颜杲卿被俘后押往洛阳被杀，颜氏家族被杀害三十余人，颜真卿派人前往常山收尸只寻得颜季明头颅，过程甚为悲壮。

作为第十三叔的颜真卿为了因叛军而亡的侄儿颜季明觅得到阴宅准备安葬。祭文一方面盛赞侄儿本是颜家优秀弟子，是宗庙的重要角色；另一方面气愤朝廷用人不当，贼臣见死不救，牺牲了侄儿性命。祭文通篇洋洋洒洒，纵笔豪放，血泪交织，一气呵成。

二、《祭侄文稿》物我同一的创作过程

在美感经验的物我同一问题上，我们心中除开凝神观照时所观照的对象而别无所有，很容易进入到物我两相同一的境界。这种物我同一的现象就是所谓的移情作用，粗浅一点讲，移情作用是外射作用的一种，外射作用就是把我的知觉或感情外射到事物的身上去，使它们变成为在物的。有

许多在物的属性，在心理学方面都认为是由知觉外射出来的，自觉的外射大半纯是外射作用，情感的外射大半容易变为移情作用。移情作用有人称为"拟人作用"，即拿我做测量人的标准，拿人做测量物的标准，一切知识经验都可以说是由此得来的。移情作用对于文艺创造的影响还可以从另一方面来观察：文学的媒介是语言文字，语言文字的创造和发展往往与艺术非常类似，语言自身就是一种艺术，语言学和美学根本只是一件东西，文字的每个新的引申义就是一种艺术创作。在艺术欣赏中移情作用是一个重要的成分，例如写字，横直点捺等笔画本来只是墨的痕迹，而不是武功高强的人，其实没有什么骨力、姿态、神韵和气魄，但是在面对名家书画作品时，我们却会有这些感觉。康有为曾说写字有十美：一曰魄力雄强；二曰气象浑穆；三曰笔法跳跃；四曰点画峻厚；五曰意态奇逸；六曰精神飞动；七曰兴趣酣足；八曰骨法洞达；九曰结构天性；十曰血肉丰美。这十美中除了第九美"结构天成"外，基本都是移情作用的结果，都是把墨的痕迹看作有生气和有性格的东西，在观赏者心中已经不知不觉地把原有的意象注到字的本身上去了。写字就跟其他艺术一样可以表现作者的性格和临池时的兴趣，也可以是抒情的。同一个书法家，在他正襟危坐时与酒酣耳热时的意态是不一样的，在风清日和时与风号雨啸时意态也是不一样的，各种境界各种心情都会由手腕传到笔端，使点画变成性格和情趣的象征，使观赏者觉得生气蓬勃。作者把性格和情趣贯注到字里去了，我们看字的时候也不知不觉地吸收这种性格和情趣，使在物的变成在我的了。

这种文艺心理学物我同一的特点，我们想象颜真卿在写《祭侄文稿》时的澎湃心情，和我们今天凝神观照这篇杰作时的意象是可以感同身受的。《祭侄文稿》是颜真卿用血和泪写成的书作：作为一篇祭文，颜真卿先以沉痛的心情交代时间和身份，第一、二行字字独立，大小匀称，显示出祭灵前的虔诚心情，到第三行就有点控制不住了，书写速度越来越快，写至"蒲州诸军事"时笔已无墨，然后蘸浓墨书写"蒲州刺史……"，心情又复郁闷，字字凝重独立，字较前三行扩大；（图 1）"以清酌庶羞祭于亡侄"

是文稿的主题，此时情绪开始激动，以连带的笔画一气呵成，接着赞美颜季明从小就有高洁品格，是颜氏家门的"瑚琏"、"兰花玉石"，心情稍为平静，用笔略为缓和，但感情却在升华，（图2）继而写到逆贼安禄山称兵犯顺之际，颜季明于平原郡和常山郡之间"俾尔传言"，从而为夺得了军事重镇"土门"立下了功劳，打击了叛军的嚣张气焰，感情随之激愤，落笔逐渐铺开；（图3）当写到太原节度使王承业"贼臣不救"，由于敌众我寡，颜杲卿父子"孤城围逼"时，感情再度升华，思绪万千，在"贼臣不救"、"贼臣拥众不救"之间来回涂改，祭文进入了高潮，从第十五行的"孤城围逼。父陷子死，巢倾卵覆"最为突出，这时的字也写得特别大而开张，情急墨枯，肠断笔沉，慷慨激昂，不由得使人痛彻肺腑。（图4）无论是作者当时的心情或是当今读者于此无不有亲历其境的感觉，完全可以感受到如此险恶的气氛。颜真卿接着又写自己因得罪朝中权贵被贬蒲州，只能由幸存的另一侄儿颜泉明收得亡亲残骸，但由于烽火连天，暂时不能

图1

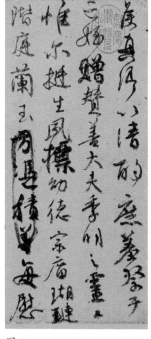

图2

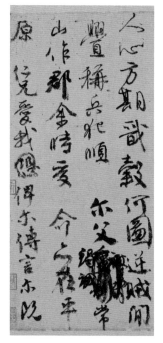

图3

图 4　　　　　　　　　　图 5

葬回故里，因此告慰亡侄"魂而有知"，可以"无嗟久客"了。此时颜真卿的悲愤之情达到了高潮，真是字字血、声声泪，笔之所至奔放潦草，顿挫纵横，一泻千里，使人惊心动魄。卷末"呜呼哀哉"之后用"尚飨"二字嘎然收笔，给人一种痛快淋漓的感觉。（图5）颜真卿就是这样把个人性格和情趣灌注到字里面去了，而我们在观看这篇《祭侄文稿》时，也会不知不觉地吸收这种性格和情趣，使在物的变成在我的了。观其字如睹其人，如临其境，整篇书作营造出触动人心的意境，唤起了人们情感上的共鸣。

三、《祭侄文稿》瞬间修辞完成的心理操作模式

颜真卿贵为进士、御史、四朝元老，太子太傅、学识修养之优秀毋庸

置疑，可奇怪的是为什么在短短只有二百三十四字的《祭侄文稿》里面，涂抹三十多处，删掉三十四字之多呢？更奇怪的是为什么人们并不把这些涂抹修改看成是败笔，反而看成是此作不可或缺的部分呢？也许这更能让欣赏者对颜真卿在挥洒时的情感变化有更深刻的理解，从而增强了作品的感染力。那么从文艺心理学角度又是如何看待这种现象呢？我们讨论这个问题的前提是《祭侄文稿》尽管有这么多的涂抹修改，但仍然是一篇在短时间里瞬间修辞完成的杰作。

我国语言文学在某种程度上至今保持着象形、会意、指事、形声、借用等造字原则，文字本身的形式美依然是一个很有意味的因素，书法作品的张力效应更是让西方美学家羡叹不已的地方。我们发现人们的语言活动总是与情感体验联系在一起的，具体有三种方法的体现：

第一、从心理的生理发生学观点来看，言语是人类行为活动的一种方式，也是由外界刺激机体内部的一种反应，正如巴甫洛夫所认为：言语作为条件反射的第二信号系统而存在。这个第二语言系统是可以使人流利演讲、滴水不漏的关键所在，但依然保持着与第一语言系统即发声信号等值的效力。颜真卿在写《祭侄文稿》时，情绪激动，意在笔先引起的涂沫现象证明了这是因为肌体内部由外界刺激引起的反应。

第二、从言语的个体心理发生角度看，语言和思维一样都来源于一种更深层次的行为与感知机制，而人的情感发展和智力机能发展是紧密吻合的，是人的行为的不可分割的两个方面，可以说语言的感情性几乎就是语言的一种先天性。颜真卿在写到"贼臣拥众不救"六字后，先删掉"拥众"二字，继而六字全去掉，最后重写"贼臣不救"，其实两句话所表达的意思一样，但修改后只用四字形式，确能让人感到所表达的激愤之情更加直接，与随后的"孤城围逼，父陷子死，巢倾卵覆"四字结构连接，无论从语言节奏和剑指贼人的意味都更加表露无遗。这就是语言与情感互动得非常好的一个例子。

第三、根据动力心理学观点看来，语言既然是一种情绪的载体，也必然是一种心灵的载体，凭借语言，可以对人的情绪进行有效控制和调节，将某种性质的心理能量输入到某一心灵中，或将某一种性质的心理能量从某一心灵中引导出来。纵观《祭侄文稿》全篇，悲愤慷慨之气浮于纸端，但颜真卿好像不是在写字，而是在诉说心中的悲愤，他也不是在为"天下第二行书"之名而写，而是在自言自语地倾吐深情，话说完了，作品也完成了，只是留给了人们一种"字已尽而意无穷"的感觉，留给了人们一座与大师心灵互通的桥梁。

《祭侄文稿》改动之多，证明了颜真卿是在将散乱的言语知觉表象通过某种方式聚合成一个充满生机的意象群，是一个由词语构筑起来的一个感性与理性相统一的过程：它是形象的，又是实质的；它是思维的，然而又是直觉的；它看似朦胧模糊，然而却可以迅速直达意义的纵深和真理的彼岸。文学创作中经常有这种情形：写作时言语自动地不可遏止地在笔下喷涌，妙语警句如同打开闸门的流水一样倾泻而出，文学修辞在瞬间完成，文学成果的诞生就在瞬间。颜真卿在写作《祭侄文稿》时"瞬间完成"的过程，说明当时他的情绪非常饱满，但意识却有点朦胧，潜意识和潜操作发挥着巨大作用，这种成功无疑得益于颜真卿书法功底之深厚，但更多地是因为有了"天助"的创造，从而成就了这篇天下行书第二的伟大作品。

结语

人类的话语是一种超级复杂关系的结构系统，对于人和人的世界来说，它几乎是趋于无限开放和永恒流动的，语言这种粘连性为瞬间修辞并完成的出奇制胜提供了可能，这是文学语言在潜意识中的优化组合，或文学语言在言语之流动中引发的连锁反应。《祭侄文稿》的伟大之处在于证明了作者人格之高尚，叙说国仇家恨之深刻，哀悼亡灵之真切和文字风采之入木三分。一件书法作品即可令观赏者进入物我两忘的境界简直不可思议，妙不可言。

从《述张长史笔法十二意》
看颜真卿书法的风格与特征

　　"笔法十二意"本是东汉末期曹魏大书法家钟繇所提出，很值得学书人重视，但以前没有人做过详细解说，直到唐朝颜真卿根据其师张旭与他就书法问题对答写成《述张长史笔法十二意》。本文拟通过分析颜体书法与传统"二王"特点的不同，以说明颜真卿书法特点完全与《张长史述笔法十二意》阐述的观点相吻合。那篇文章正是颜真卿书法实践的写照。

颜真卿（709—785），字清臣，京兆长安（今陕西西安）人，开元进士，任中侍御史，因得罪杨国忠被贬为平原太守，人称"颜平原"，安禄山叛乱时，他联络其兄颜杲卿起兵抵抗有功，入京历任吏部尚书、太子太傅，封鲁郡公，故世又称"颜鲁公"，为玄宗、肃宗、代宗和德宗四朝元老。李希烈叛乱时他前往劝谕而被害。他的书法出自家学，又学褚遂良、张旭，一变古法，自成一格。世称"颜体"，与柳公权并称"颜柳"，对后世影响极大。颜真卿不仅在书学史上树立起一座巍峨的丰碑，其高尚人品也为后世敬仰，其人其书皆为典范，传世书迹颇多，墨迹作品有《祭侄稿》《争座位帖》《刘中使帖》《湖州帖》，书碑有《多宝塔碑》《东方朔画赞》《大唐中兴颂》《颜勤礼碑》《颜家庙碑》等等。颜体楷书是超越传统，笔法独特，为刻石而书的另类书法艺术。为了说明颜体书法的特殊性，现以之与王羲之书法做些比对。

王羲之与颜真卿是书法史上两颗最耀眼的星星，两人同乡并以各自特性构成了两大截然不同的艺术和审美体系，千百年来一直是书学研究的重要对象。王羲之生活在东晋，民间不能私下建碑，他也没有写过碑，从流传下来的摹刻本看均属书卷之作，表现形式相当自由灵活随意，通过实用形式日常境界转换成悟性独特，一派空灵的艺术境界，无意中起到了统一中国文字书写的作用并一直沿用至今。而颜真卿所生活的强盛唐代流行铭石之书，正好与他的癖好和实用性吻合。《书林纪事》中说："（鲁公）性嗜石，大几咫尺，小亦方寸。晚年尝载石以行，耆而藏之，遇事以书随所在留其镌石。"因此他比任何一位书家更熟悉笔墨与石之间的关系。他担心"点画稍细，恐不堪经久"，对铭石之书如何传播有独特的见解，因此擘窠大书也就由此诞生。他以篆隶厚重之笔变王羲之及初唐妍美的楷法，又取外密内疏的篆籀笔意成功地融合楷书之中，加大了笔画的厚重感，以拙为美，以朴为华，有存在感的强烈表现，这种特点是颜体与王羲之书法的最大区别。

讲到细节，两人书法特点有几个不同：

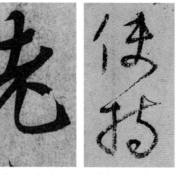

图 1 王羲之以侧取势，颜真卿直起直落　　　图 2 王羲之一拓直下，颜真卿屋漏痕

图 3 王羲之收紧字内中宫，颜真卿中宫疏开　　图 4 王羲之高远淡雅，颜真卿宏博正大

1. 王羲之书法以侧取势，使每一笔的起笔与收笔在节奏上和角度上都能产生出无穷变化，达到因势生势，因势立形的目的。而颜真卿书法是运用直起直落，按如打桩，提如拔钉的方法，既增强了笔触的力度，干净利落、大气浑成，又打破了藏锋与露锋的界限，锋芒自然藏于画心。（图 1）

2. 王羲之书法通常一拓直下，即是直画时从起笔调锋下按后，由慢到快向一端劲健地行笔，意如滑梯，利用冲力和摩擦力，达到力透纸背的目的。而颜真卿则采取自命名为"屋漏痕"（即竖画就像房屋漏水，一缕水在墙上由上而下地淌下，水痕因墙面凹凸与阻力不同形成微妙变化）的方法，不一拓直下，恰似一缕藤蔓柔中见劲。（图 2）

3. 王羲之书法一方面收紧字内中宫，将作为主笔的撇、捺、横、竖向四周放射性地伸开而峻拔一角，另一方面笔画变细使笔法和笔意更加精美

秀丽。而颜真卿则中宫疏开，行列空间自然紧密，给人一种向四周膨胀的暗示性。（图3）

4. 王羲之书法在自然空灵审美基础上追求高远淡雅的笔墨感，有一种自爱精神。而颜真卿每一笔都要充实，以拙为美。对比之下，颜体确是一种宏博正大，以充实实用为新标准的书法艺术。（图4）

一、《述张长史笔法十二意》是颜真卿个人书法实践的总结

此文表面上是颜真卿的师傅张旭与他讨论书法的对答记录，但从颜真卿的书法实践对照"笔法十二意"的论述却非常吻合，因此可以说这是一篇颜真卿阐述自己书法观点的文章。

（一）写作背景

颜真卿虽然出生于世代研究训诂学、历史学和书法的封建士大夫家庭，但年幼丧父，由母亲训导成长，因此受母亲影响至深，亦有很多机会接近和了解下层民众的生活。他在开元二十二年（734）中进士登甲科，天宝元年（742）获授醴泉尉，次年被罢醴泉尉后去洛阳拜张旭为师。当时张旭已是蜚声海内的"草圣"，他平时或一时之兴为民众作书，但从不口授于人，颜真卿此次也不例外。天宝五载（747）颜真卿辞去长安尉，第二次拜访张旭，他的真诚和锲而不舍的精神打动了张旭，一个月后的某一天，张旭与颜真卿在裴儆家东竹园小堂，师生作了对笔法十二意（即平、直、均、密、锋、力、转、决、补、损、巧、称）的微妙玄通的对答，并由张旭传授了"锥画沙""印印泥"等利用毛笔笔性中锋运笔，既不为法度所窘又能达到随机应变艺术效果的经验，使颜真卿顿悟了工书之妙。日后可能过了一段很长的时间，颜真卿才写成此文。

（二）《述张长史笔法十二意》关于十二意原文选段：

张公乃当堂踞床而坐，命仆居于小榻，乃曰："笔法玄微，难妄传授，非志士高人，讵可与言妙也。书之求能，今以授予，可须思妙。"乃曰："夫平为横，子知之乎？"仆思以对之曰："尝闻长史示令每一平书皆须纵横有象，此岂非其谓乎？"长史乃笑曰："然。"而又问曰："直谓纵，

子知之乎？"曰："岂不谓直者必纵之不令邪曲之谓乎？"长史曰："然"。
又曰："均谓间，子知之乎？"曰："尝蒙示以间不容光之谓乎？"长史曰：
"然"。又曰："密谓际，子知之乎？"曰："岂不谓筑锋下笔皆令宛成，
不令其疏之谓乎？长史曰："然"。又曰："锋谓末，子知之乎？"曰："岂
不谓末以成画，使其锋健之谓乎？"长史曰："然"。又曰："力谓骨体，
子知之乎？"曰："岂不谓趯笔则点画皆有筋骨，字体自然雄媚之谓乎？"
长史曰："然"。又曰："转轻谓曲折，子知之乎？"曰："岂不谓钩笔
转角，折锋轻过，亦谓转角为暗过之谓乎？"长史曰："然"。又曰："决
谓牵掣，子知之乎？"曰："岂不为牵掣为撇，锐意挫锋，使不怯滞，令
险峻而成，以谓之决乎？"长史曰："然"。又曰："补谓之不足，子知
之乎？"曰："尝闻于长史，岂不谓结构点画有失趣者，则以别点画旁救
之谓乎？"长史曰："然"。又曰"损谓有余，子知之乎？"曰："尝蒙
所授，岂不谓趣长笔短，长使意气有余，画若不足之谓乎？"曰："然"。
又曰："巧谓布置，子知之乎？"曰："岂不谓欲书先预想字形布置，令
其平稳，或意外生体，令有异势，是谓之巧乎？"曰："然"。又曰："称
谓大小，子知之乎？"曰："尝闻教授，岂不谓大字促之令小，小字展之
使大，兼令茂密，所以为称乎？"长史曰："然。子言颇皆近之矣。工若
精勤，悉自当为妙笔。"

（三）在笔法十二意中以静的实体笔画来讲，有第一意"平"，第二
意"直"，第五意"锋"，和第六意"力"，现按此顺序意译和对照颜体
特点分析如下：

1、第一意"平"的意译：平即是横画，每写一平画必须纵横有象，
犹如鱼鳞或天边排列的阵云，有起有伏，似平又不平，不平中求平。

对照颜体早期的横画，起笔有藏锋有露锋，有曲起、尖起、方起、仰
起等方法，也可数画并施，奇形各异。但晚期之作发生了很大变化，以篆
入楷，直起直落，更多地采用"横用竖起法"，即在写横画时凌空取势，
直接用点向下垂直起笔，利用反作用力向行笔处重按待成中锋状态向另一

端运笔，起笔处形成近似方形的样子，显得厚重，先纵后横，迟中有速，疾中求缓，在相对平直中微微表现出波动曲折的态势，尤如一线阵云，这就是横画要纵横有象的特点。

2、第二意"直"的意译：直即是纵画，写直画时要与横势相趁，要勒纵有度，收放自如，从不直中求直，一字之中的主要直画不能出现倾斜或弯曲的现象。

对照颜体直画，晚期的直画与"横用竖起法"原理相似，是"竖用横起法"，即先用横点在竖画上端落笔，再回到中锋后向下运笔，就是写直画要与横势相称的其中一个道理。当然整体还要与横画搭配妥当。颜体直画运笔过程，早期在直画立于字的两边或靠近两边时，多采用背式如")("，但基本没有明显弧度，只是收笔方向不同时左时右。晚期的双直画则多采用向式如"（）"，尤如大门口两边的柱子，字形外拓增加了气势。又由于颜体惯用横细竖粗的模式，直画粗壮挺直，一般不会出现倾斜或弯曲的现象，颜体直画完全做到勒纵有度收放自如。

3、第五意"锋"的意译：锋即是收笔，完成笔画收笔到末端时出锋要意完神足，免得笔锋散包或出现线条泄气的现象。

颜体对收笔非常重视，因为如果收笔不好，笔锋扭折，将直接影响下一笔的书写，气脉易断。颜体在收笔的姿态上虽然不如唐代其他书家来得丰富多姿，但颜真卿以无与伦比的笔力在强弱重轻上表现出无穷的变化，正因为收笔是为了启后，使气脉贯通，产生时间感的延续性，收笔的动作、方向、轻重也各有所异，有藏有露。早期的颜体多以留锋在纸上收笔，晚期则多向右或从画心收笔。总的来说就是方便还原笔锋而不要有散包和泄气的现象。

4、第六意"力"的意译：力即是运笔形成骨骼和形体，在写竖钩（趯）时点画运笔要灌注力度，表现出一种张力，就像附有筋骨一样，字体自然就雄媚了。

颜体钩的写法应该包括竖钩、戈钩、鹅头钩、宝盖钩和包钩，这里主要是指竖钩。颜体早期的钩法与初唐诸家相通，中晚期则采用重按轻提法而出现了颜体中典型的一笔叫"鹅头钩"，作法一般是蹲起式，借其力，得其势，行笔到下端时向左略按后马上利用反弹力向上提，使笔有立在纸上的感觉，最后得其势向左边径直地钩出。以成熟颜体而言"鹅头钩"是其主要钩法，其实都有一个基本模式，变化只在于强弱、长短，便可生动表现出前后对应关系，给笔法赋予了骨体的支撑。

（四）在笔法十二意中就动态笔势而言，有第三意"均"，第四意"密"，第七意"轻"和第八意"撇"，现按这些顺序意译和对照颜体特点如下：

1、第三意"均'的意译：均即是笔画之间的间隔，间隔就是要恰到好处，不争不犯，计白当黑，多一点少一点都是不合适的。

颜真卿在笔画间隔和节奏运用上堪称圣手，除了王羲之，历史上没有一个人能与之匹敌。王羲之书法和颜体分属两大派，王羲之书法属内密外疏派，而颜体则属内疏外密派，即颜真卿所谓的"疏可走马，密不透风"。颜真卿的铭石之书堪称典型，同一种字体类型不管是左右的，还是上下的，其疏密变化和节奏把握方面都各不相同，天然率真。颜体从字的内在空间留存和这种空间留存所暗示出来的气势、风骨、韵律感而言是其他书体中难以找到的。这也是颜体留给后人最为辉煌的艺术风采。

2、第四意"密"的意译：密即是笔画的衔接，要对相关联的下一个笔画连写时要果断有力，承接处要咬合流畅，不要露出疏落的感觉。

颜体楷书的每一个字，便是一个不间断的完整动作，一气呵成，由第一笔生第二笔，第二笔生第三笔，虽然笔笔断，但意气相续，每一个笔画的连接过程主要靠控制笔在空中转动做圆、转、盘的动作，从而达到笔画刚健的目的。这正是楷书用行草意的恰当做法。

3、第七意"轻"的意译：轻即是屈折，从横折拐角处的钩笔要藏锋"轻过"调锋而下，锋与出锋处依然要藏锋轻轻带过。

颜体中有两种折法都是强调"轻过"：第一种是"圆折法"，意如顺水推舟，即从横至拐角处时轻提笔（但不离纸）圆势而行，笔转好且待稳定后纵笔而下，锋中意圆，这种圆中见筋的表现正合"钗股之妙"。第二种是"打折法"，是方折的一种，但用两笔写成，即横画行笔到一端时将笔迅速提起离纸，然后像击鼓之势向右下方劲疾下按，用中锋行笔，可顺可逆，最终收笔时则反顺为逆或反逆为顺，以利笔锋直立还原。对比横至转角处重按形成鹤膝后再往下行的一般楷法，转角轻过是颜真卿在折法方面对技法的突破与发展，是别的楷体中极少能够看到的。

4、第八意"撇"的意译：撇就是牵制，决意挫锋之笔折锋要快，形成掠笔就不会怯滞，令险峻之势生成。

颜楷的短撇或称"掠"，早期与欧阳修，褚遂良相似，用的是侧锋，而晚期用中锋就不会出现笔迹一边光滑一边起毛的扁平现象。颜楷的长撇起笔与直画相通，略带逆势意，落笔后笔杆略向左倾，由重而轻撇出，决然而行不带怯滞，使笔画清朗洁净。另外，颜体用笔较重，一般像兰叶撇这种比较灵秀的笔画比较少见。

（五）笔法十二意中以一字欠缺或多余处着想，需施以救济的有第九意"补"，和第十意"损"，现把两意一起意译和对照颜体特点如下：

1、第九意"补"的意译：补就是有不足之处，如果结构点画有不当之处，要果断以其他笔画从旁作出补救措施。

2、第十意"损"的意译：损即是笔画有些过了，长的笔画要令人觉得有趣，短的笔画又要不觉得短，要使到意气有条理，画又好像未能尽兴，行笔疾涩兼用能纵能收。

以上两意是要求补不足的救济和写有余要有意思。颜真卿书碑各有异趣是他最杰出的地方，由于颜楷采用内疏外密法，着重于字的内部空间张力和气度，伸缩度变化不大，但还是比较注意使每个字成为一个整体，不支离破碎又互不相犯，就像两个物体互相穿插粘合在一起，尽可能表现出纵横交错的书势。当然，作为各种书体结构的一般规律是彼此相通的，例如伸缩、疏密、比例、正斜、避就、粘合等等，所不同的只是一个度和内在节奏的掌握而已。这些都是学书法之人应该注意的地方，

（六）在笔法十二意中，以全部字或者全幅布局着意的有十一意"巧"和第十二意"称"，现按此顺序作出意译和对照颜体特点如下：

1、第十一意"巧"的意译：巧就是布置，下笔之先要预想字形布置，使之平稳，但又可意外生体另有异势，这样既平直又奇变才能算得巧意。

颜楷过于整齐但仍不失于板滞，点画中时有奇趣。历史学家范文澜曾说："初唐的欧、虞、褚、薛只是二王书法的继承者，盛唐的颜真卿才是唐代书法体的创造者。"颜楷雍容大度，厚重雄伟，迎合了唐代由清秀转为肥大的审美风尚，非常有味道。

2、第十二意"称"的意译：称即是分大小，在一幅字的安排中，大的字要紧凑，小的字相应要大些宽些，使整体效果布局均匀疏密有致。

章法在书法中极为重要，也是最后一个关键所在，还可以看成是所有技法、形态、意象的总和。颜真卿对书法笃志一生，所书碑迹不下二百余种，意尽秦汉之碑，势越晋唐之迹，对于书碑的各种布局了然于心，就拿《颜勤礼碑》为例，此碑是颜真卿为其曾祖父颜勤礼而树立的，也是他晚年书法进入完全成熟时期的代表作之一。在这块碑中颜真卿加大了横画和竖画的对比，变化非常丰富，有时横画细如发丝，而竖画则相对肥厚到了极致，特别是作为主笔的竖画，直中含曲，曲而能直，给人视觉带来强烈刺激。在章法上《颜勤礼碑》也显示出颜体的气势，整篇字与字，行与行之间比较紧密，如排兵布阵，纵横成列，整齐大度，浑然一体，在庄严整齐的前提下，字字顾盼生姿，行行承上启下，在多数端正的字列中间，时有倾斜的字形成一种险势，使整个篇幅动静起伏，神韵超然。全碑肥正刚直，大气淋漓，有法可循，可见颜真卿是一位讲究章法的全能高手，

结语

《述张长史笔法十二意》文章后面，还记载了张旭关于古今审美不同，各人应当自行观察，不要随波逐流，要经过独立思考才可攀上艺术高峰的论述。还提到张旭答颜真卿何为工书之妙的五个学习方法：第一是妙在执

笔，令得圆转，务实扣擎；第二是笔法须口传手授，勿使无度；第三是在于布置，不慢不越，巧使合宜；第四是纸笔皆精；第五是变通适应纵合规矩。张旭最后还对"锥画沙""印印泥"做了讲解。其实这都是张旭或颜真卿对笔法十二意的补充说明。以笔法十二意对照颜体各种特点，都是非常吻合的，因此不难看出这篇文章表面上是颜真卿的师傅张旭与他对话的实录，实际上可以看成是颜真卿认受师傅指点并付诸实践获得体会后的经验总结。

躲进佛门作红尘诗歌的苏曼殊大师

苏曼殊是广东香山县白沥港（今珠海市沥溪村）人，1884 年 10 月 9 日（清朝光绪十年甲申八月二十一日）在日本横滨出生，卒于 1918 年 5 月 2 日，原名苏戬，学名子谷、元瑛、玄瑛等等。曼殊是他在横滨大同学校学习时使用的名字。

苏曼殊是我国著名的佛学高僧、翻译家、画家和诗人，他从 16 岁开始进入佛门，却又在情感上僧俗间百转千回，游戏人生。在短暂的 35 年生命历程中，他广参禅宗，精通梵文，编撰出《梵文典》，翻译了大量佛家经典，翻译了许多欧洲文豪特别是拜伦的经典名诗。他有很多咫尺天涯令人神往的画作，写过不少小说和诗歌。他在诗歌创作上的卓越成就奠定了他在中国文学史上不可替代的历史地位。

苏曼殊热爱生活，还投身以推翻清封建王朝为宗旨的革命洪流，但是由于他的中日混血儿身份和倍受欺凌的童年时代，注定了他性格懦弱的一面。他每次遇到人生低谷的时候就躲进佛门，以求洁身自爱，远离复杂

苏曼殊《石鼓文立轴》

社会的迫害，最终走完他"僧衣葬我"的一生。可幸的是苏曼殊身在佛门却从来没有离开红尘，他以情入禅，以禅悟情，写下了许多感悟爱情、友情和生命光辉的不朽诗歌。现在让我们看看他是因何躲进佛门而又如何作红尘诗歌的！

一、为情赎罪出家

苏曼殊年轻时在日本读书，认识了住在她养母日本人河合仙附近的一位日本少女。此人天资聪颖通晓中文，还很懂欣赏苏曼殊用中文朗诵的拜伦诗歌。他们互相爱慕，逐渐陷入热恋之中。正当他们难舍难分的时候，被在中国的苏家得到了他们恋爱的消息。苏家以不能与外族人通婚，以免有辱家风为由，决意棒打鸳鸯。少女家人因受到威迫利诱后毒打了少女，要禁止她继续与苏曼殊来往。没想到少女宁死不从，当晚就跳

苏曼殊隶书《立名蒙福》七言联

海自杀了。她就像春天绽放的樱花被风吹落大海而失去了影踪。心痛欲绝的苏曼殊愤然出家，以实现对自己心灵的自我惩罚。他为此而伤悲多年，直到少女自杀后十年，大家才从霍洁光先生所编《苏曼殊诗酬韵集》中看到苏曼殊一直自己在内心吟诵的悼亡诗《樱花落》。诗曰：

> 十日樱花作意开，绕花岂惜日千回。
> 昨来风雨偏相厄，谁向人天诉此哀。

> 忍见胡沙埋艳骨，休将清泪滴深杯。
>
> 多情漫向他年忆，一寸春心早已灰。

　　诗人描述自己不会怜惜每日千回去看望堪比盛开樱花的爱人，可就在昨天风雨摧残的厄运偏偏降临在她的头上，又有谁能向天或向别人诉说此哀怨呢？既然阴阳相隔，那我以深杯盛满清泪也已无济于事。现在我心如槁灰，以前的情意只能留待他年来追忆了。此诗写尽了诗人多少欲语还休的痛苦和思念。

　　苏曼殊这位初恋情人也是很有文采的，她曾飞鸽传书一首诗给苏曼殊，诗曰：

> 清扬启佳时，白日丽旸谷。
>
> 新碧映郊坰，芳蕤缀林木。
>
> 轻露养篁荣，和风送芳馥。
>
> 蜜叶结重荫，繁华绕四屋。
>
> 万汇皆专与，嗟我守茕独。
>
> 故居久不归，庭草为谁绿。
>
> 览物叹离群，何以慰心曲。

　　这首诗景中含情，茕独自白，心中有情而又隐而不发，诗句非常优美，难怪苏曼殊是那么珍惜与她的感情了。

二、二次出家

　　苏曼殊曾一度热衷于反封建的中国近代革命运动，参加过孙中山的同盟会，与这一时期中国的一线文人、政治家、将军交往甚多，例如章太炎就是一位年纪比他大 25 岁而成为忘年之交的朋友。章太炎是当时德高望重的国学大师，他曾因反清言论被当局监禁三年。他在狱中潜心佛学，所以和苏曼殊很有共同语言。他们俩曾试图以佛法推动革命。在 1906 年 6 月，孙中山邀请他俩前往日本，想由章太炎在东京学生欢迎会上所作演说作为同盟会指导思想的基调。章苏二人在演讲稿中把佛学禅宗引入革命阵营，主要强调三个方面：第一，佛教可以促进道德革命，社会道德需要佛教，革命军也需要佛教，佛教的华严宗对培养革命军人无畏精神大有裨益；第二，佛教有利于增进国民道德，二人认为周公、孔子、宋明理学没有实际作用，要求革命党人脱离儒家学说中唯富贵利禄是图的学说，一心一意为革命；第三，佛教有利于反封建制度，佛教最重视平等，实际上就是宣扬民族主义和民权思想。这些观点虽然都有一些历史局限性，但这篇由苏曼殊起草，章太炎演讲的报告大获成功。可是好景不长，革命很快就陷入低潮，中国革命何去何从令人迷惘。苏曼殊感到功名无望，所以又躲回到佛门之中。

苏曼殊有一首答章太炎的《耶婆提病中，末公见示新作，伏枕奉答，兼呈旷处士》很能体现他们之间的深厚情谊。诗曰：

> 君为塞上鸿，我为华亭鹤。
> 遥念旷处士，对花弄春爵。
> 良讯东海来，中有游仙作。
> 劝我加饭餐，规我近缠约。
> 炎蒸困露旅，南海何辽索。
> 上国亦已芜，黄星向西落。
> 青骊逝千里，瞻乌止谁屋。
> 江南春已晚，淑景付冥莫。
> 建业在何许，胡尘纷漠漠。
> 佳人不可期，皎月照罗幕。
> 九关日已远，肝胆谁竟托？
> 愿得趁长生，长作投荒客。

竦身上须弥，四顾无崖崿。

我马以玄黄，梵土仍寥廓。

恒河去不息，悲风振林薄。

袖中有短书，思寄青飞雀。

远行恋侪侣，此志常落拓。

诗的大意是：您章太炎是从事革命的塞外高飞的鸿雁，而我只是一只暗中独自垂泪的华亭之鹤。我正在思念曾经与您弟子岌侃旷处士春日对花共饮的时候，你的佳作从日本寄来了。好意劝我多保重，少去喝花酒。这里炎热的爪哇荒岛荒凉空阔，有点像国内局面恐怕会遭灭顶之灾。国运的黄道吉星正在西落，革命党人像青骊一般逃亡千里不知所终。革命的春天已近尾声，美好的景色已付冥所。见不着曾经志同道合的朋友令我夜不能眠。天门九重日已远，肝胆相照的人还有谁呢？但愿能够达到佛门不生不灭的最高境界，只做一个流落远方的行脚僧，纵身跳上四处无崖崿的佛教三界诸天。但是我的坐骑已经疲惫，去梵土喜马拉雅的愿望看来难以实现。恒河奔流不息，悲风震荡森林。我袖中有信想要让青鸟来代送。远行的人都希望有可靠的伴侣一起，但

苏曼殊隶书立轴

折奉尊兄久

违时吾处来此此者⋯⋯宕摇⋯

不暇聊烦诸兄代笔，四季四条屏

五尺洒银三十两一条如有暇时书

主约前时之手卷乙交待去⋯

其花谢轴记别不一一⋯

⋯曼殊立言章年

苏曼殊行书手札

这样的愿望通常都是落空的。整首诗尽含哀思，但忧国忧民的想法贯彻始终，最后还是希望在佛教中得到解脱。此诗不愧为苏曼殊的代表作之一。

三、烙臂受戒三入佛门

苏曼殊原本也算是个公子哥，经常出入上流社会社交场合。他有文化有学识，做过老师、翻译家、报社编辑以及革命党人。他的小说文章常能切中时弊，广受群众欢迎。他在报刊发表的画作经常在社会上引起轰动，成为人们争相收藏的宝贝。他的诗歌更是大有晚唐遗风的气派。这都是由他本人的浪漫气质，并且由这种浪漫气质而来的行动风度所决定的。但是追求完美的他却总是认为自己在各个领域都是失败者，生活对他来说已经成为了无趣味的东西。在他生命的最后几年，他已经开始用无节制的暴饮暴食来故意加重自己的肠胃病，以实现慢性自杀的计划。唯有在见到心仪女性的时候，苏曼殊才会静下心来，好像忽然间世界又是那么美好。尽管苏曼殊会把自己被青楼女子碰过的衣衫毫不犹豫地扔掉；会在晚上和为他而来却赶而不走的美丽姑娘和衣而卧，但确实没有什么能够影响他认识红颜知己的兴趣。除此以外，对任何事情都失去了信心的他，最终却到越南烙臂受戒，以表示自己从此追随佛祖的决心。

苏曼殊身在佛门，却以感悟人世间情事以观红尘的独特参禅方式面对人生。他一生拥有知心女子无数，写她们的诗着实不少。他以情参禅，以情写诗已属常态。比较优秀的作品有他为东京附近一位歌舞伎名叫百助枫子所写的《本事诗十首》。二人的爱情故事随着诗歌而展开。

> 第一首：慵妆高阁鸣筝坐，羞为他人工笑颦。
> 　　　　镇日欢场忙不了，万家歌舞一闲身。
> 第二首：无量春愁无量恨，一时都向指尖鸣。
> 　　　　我已袈裟全湿透，哪堪更听八云筝？

这两首诗是描述二人初遇时，整天在欢场上忙不过来的百助正坐在高台，面堆笑容为众人弹奏八云筝。从她指尖弹出的悲凉之音，勾起了诗人的万千愁绪。乐声中的情感交流令他们一见钟情。诗人的袈裟已被自己的泪水所湿透，又怎受得了这些曲调的继续折磨呢！

第三首：丈室番茶手自煎，语深香冷涕潸然。

生身阿母无情甚，为向摩耶问凤缘。

第四首：碧玉莫愁身世贱，同乡仙子独销魂。

袈裟点点疑樱瓣，半是脂痕半泪痕。

这两首诗描述二人在百丈细小居所品茶时互诉衷肠的时候，诗人提到自幼被生母抛弃的往事，叹息只好哀问那有福德智慧的摩耶为何待自己如此不公！而在百助诉说自己低贱的身世时诗人便极力安慰。百助在诗人的怀里抽泣的身段百般妩媚，她的脂粉和泪水使得诗人身上的袈裟产生了状如朵朵樱花瓣的痕迹。

第五首：丹顿裴伦是我师，才如江海命如丝。

朱弦休为佳人绝，孤愤酸情欲语谁。

第六首：春水难量旧恨盈，桃腮檀口坐吹笙。

华严瀑布高千尺，未及卿卿爱我情。

这两首诗先是诗人表达对偶像拜伦诗才波澜壮阔的崇拜以及对于诗人英年早逝的惋惜。他请佳人千万不要停止手中的朱弦，担心自己的孤愤无处可说。后面是说春日雨水下个不停，百助在鼓着桃腮用美丽的檀口来吹笙，诗人的心情却逐渐被以往的挫折所冲击。诗人深知百助对自己的爱慕之情，只因佛门之华严瀑布阻隔，唯有狠心放弃不敢接受。

第七首：相怜病骨轻于蝶，梦入罗浮万里云。

赠尔多情书一卷，他年重检石榴裙。

第八首：乌舍凌波肌似雪，亲持红叶索题诗。

还卿一钵无情泪，恨不相逢未剃时。

这里讲的一钵无情泪犹如刘德华唱的忘情水。诗人自己病后骨轻如蝶，曾梦到第二次出家的罗浮山万里云彩。由于不能接受百助的爱，只好赠送一本印度著名歌剧《沙恭达罗》的书，希望百助可以另觅真爱。但是像神女乌舍般心地善良的百助仍亲自拿着红叶请求题诗表示爱意。诗人哀叹没能相逢在未剃度出家的时候，现只好把一钵欲哭无泪的无情泪还给佳人罢了！

第九首：春雨楼头尺八箫，何时归看浙江潮。

芒鞋破钵无人识，踏过樱花第几桥？

第十首：九年面壁成空相，持锡归来悔晤卿。

我本负人今已矣，任他人作乐中笙。

这是描述在二人分手，百助离开东京之际，百助专心为诗人吹奏《春雨曲》，勾起诗人何时才能回国观看海潮澎湃如卷席的浙江潮的思念。他在想这身和尚打扮已经没有人认得自己，樱花落处还能再走几座小桥呢？诗人慨叹二人爱情是前生未了之缘，面壁修行九年实属早已遁入空门，因此十分懊悔做了和尚还来会晤百助而最终还得斩断情丝。现在只好任由他人成为百助手中彼此如此亲近的乐中笙来代替自己了。

二人分别后，苏曼殊曾经接到百助寄来的赠诗，并步韵作答一首如下：

生憎花发柳含烟，东海飘蓬二十年。

怅尽情禅空色相，琵琶湖畔枕经眠。

这是苏曼殊给百助的诀别诗，意为虽则独自漂泊了20年，过去的情怀难以忘怀，然而这都是我要怅尽的情禅，以后只能与佛悟道，在被人誉为有忧郁湖之称的琵琶湖畔枕着经书而眠了。

现代的佛教应该是一种入世的佛教，近百年前苏曼殊就爱好以此为之。上述几个例子充分说明了苏曼殊并非因为看破了红尘而遁入空门，而只是佛门可以给他安全感，佛门是他逃避社会责任的防空洞、庇护所。佛门也是他以情参禅，以禅作红尘诗歌的一片小天地。

苏曼殊行书《无力有情》七言联

跋

吴瑾

　　凌峰的著作出版了，要我说几句话。

　　廿年前，经同事介绍，我认识了凌峰。初次见面，他拿来一大叠书法习作，说是要学习隶书。我虽然习隶书多年，但自觉未有教人的本事。于是仅将我学书法所由途径和方法向他简单介绍了，说既然有兴趣就不妨试试吧。想不到凌峰竟然大写特写起来，他在商务之余醉心挥毫泼墨，几年下来，也写得初具规模了。我们不时互相观摩作品，交流创作心得。逐渐也有人向他索书求字了，他问我意见，我说能写就写，权当练习吧。可他对这些应酬之作也都毫不苟且，认真对待，有不满意的反复写几张，挑好的才送出。后来，他也热衷投稿参加社会上的各种展览活动，加入广东省书法家协会，上北京首都师范大学参加书法研修班，去日本作书法交流活动，到香港参加慈善拍卖等等，从中获得很大的乐趣。

　　直到2013年的一天，他说他想去读研究生，我当然是举双手赞成的。学然后知不足，学问没有穷尽，尽管凌峰已知天命多年了，不绝探索的勇气令我钦佩。他的朋友们似乎有些不解，事业有成不愁吃喝，何苦去受这折腾！他没有理会这些，报考了暨南大学中文系文艺学研究生，三年下来，他在文艺理论、文艺批评方面下了功夫，并选修了有关书法史、美学等课程。硕士论文准备阶段，他的导师建议他选择书法艺术作研究方向，他反复考虑最后决定研究吴子复隶书的相关问题，要对自己学书法的本源，做一番深入系统的研究。这正是我想做而无力做的事，随即表示大力支持，一定尽可能提供参考资料和相关线索。他在导师的指导下经过一年多的努力，论文终于通过答辩了。及后再行修改增补，于是就有了今天的这本书。至于这本书写得怎样，自有导师和读者来评价，不用我多说。

　　孔子说过，古之学者为己，今之学者为人。求学问道是为了提高自己的修养，追求精神上的富足。而不是学某种谋生的手段或寻求功名利禄的途径。学习书法亦然，凌峰显然并不满足于仅仅在书写技巧上的练习，如何理解书法的意趣境界，体会其深远的内涵，他要通过读书来寻找答案。传统书法讲究人品和书艺的统一，有宽广的胸怀，高雅的情趣才能欣赏或创作超尘绝俗的作品。凌峰善饮，为人忠诚厚道，仗义疏爽，而在读书习字上却心细如丝、坚韧刻苦。这本书对于凌峰来说是一个新起点，相信无论他以后是继续研究或者创作都可以达到新的高度。而在客观上，这本书由上海书画出版社出版，可以让更多地方的读者了解岭南书法，在相对沉寂的岭南书学研究领域也算是泛起一点微澜吧。

　　这都是要举杯祝贺的！

戊戌之秋"山竹"袭来之前于广州两间楼

图书在版编目(CIP)数据

吴子复隶书的理念和意趣/凌峰著. —上海:上海书画出
版社,2019.1

ISBN 978-7-5479-1963-7

Ⅰ.①吴… Ⅱ.①凌… Ⅲ.①吴子复（1899-1979）
—书法评论 Ⅳ.①J292.1

中国版本图书馆CIP数据核字(2019)第004201号

吴子复隶书的理念和意趣

凌 峰 著

责任编辑	杨 勇
编 辑	夏雨婷
审 读	曹瑞锋
责任校对	周倩芸
封面设计	王 峥
技术编辑	顾 杰
摄 影	李 烁

出版发行	上 海 世 纪 出 版 集 团 上海书画出版社
地址	上海市延安西路593号 200050
网址	www.ewen.co www.shshuhua.com
E-mail	shcpph@163.com
制版	上海文高文化发展有限公司
印刷	上海盛隆印务有限公司
经销	各地新华书店
开本	787×1092 1/16
印张	11.5
版次	2019年1月第1版 2019年1月第1次印刷

书号	**ISBN 978-7-5479-1963-7**
定价	**98.00元**

若有印刷、装订质量问题，请与承印厂联系